# Eine erotische Liebesgeschichte

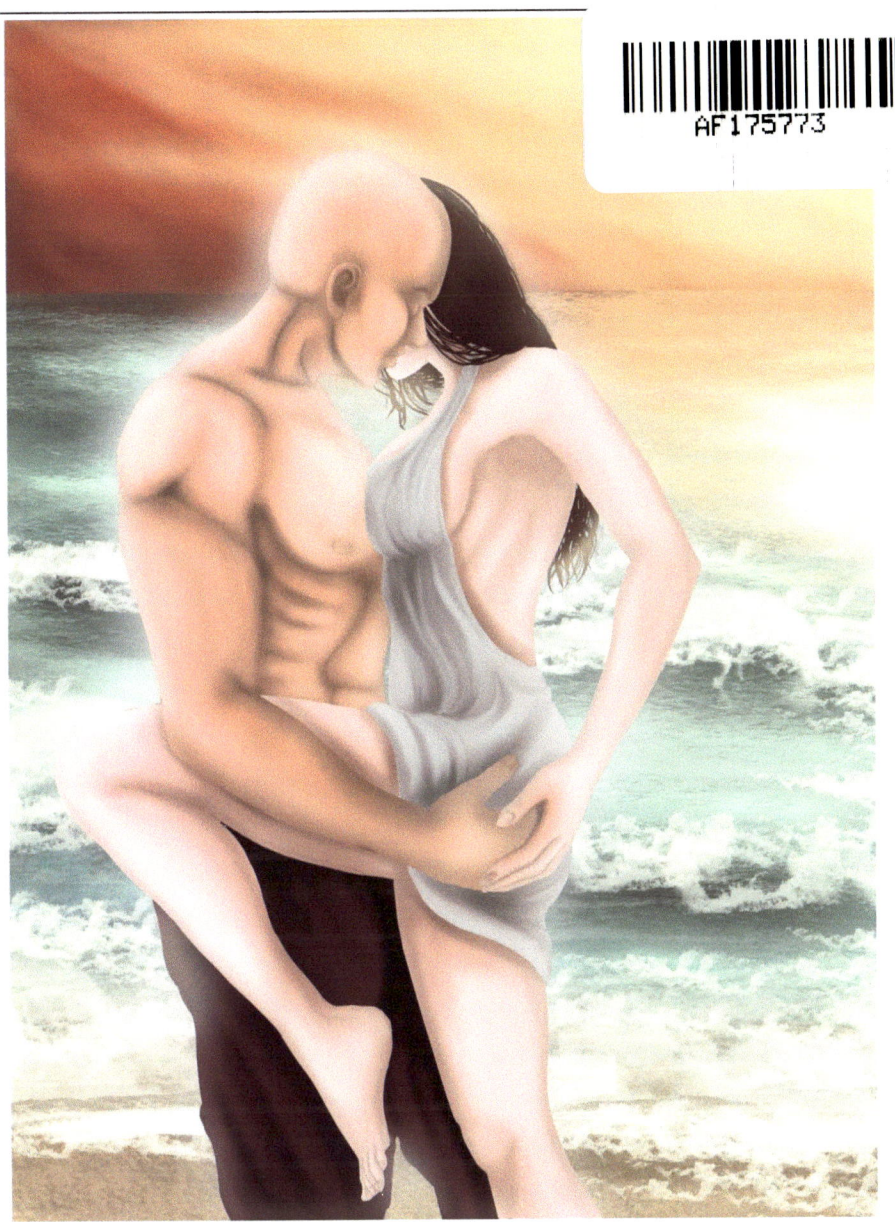

# Eine erotische Liebesgeschichte

## Vorwort

# Vorwort

In der nachfolgenden Geschichte geht es um zwei Menschen, die sich anfangs sehr fremd und doch schon so nahe sind.

Alles beginnt mit einer intuitiven Eingebung und einem E-Mail-Kontakt, und nach kurzer Zeit haben beide das Gefühl, ihren absoluten Traumpartner gefunden zu haben.

Der junge aufstrebende Autor hatte sich genau wie die ihm anfangs noch Fremde in einer Singlebörse im Internet angemeldet.

Beide verbindet ihre große Sehnsucht sexuell zu experimentieren.

Schon bei ihrem ersten Treffen liegt eine große Verbundenheit sowie Erotik in der Luft.

Beide spüren zwar, dass sie füreinander gemacht sind, aber keiner von beiden kann am Anfang glauben, dass es so einfach sein kann, den Traumpartner zu finden.

Eine schöne Liebesgeschichte, wie sie aus dem täglichen Leben stammen könnte.

Vollgepackt mit schönen Momenten sowie prickelnder Erotik.

**Eine erotische Liebesgeschichte**

# Die Geschichte von Stefan

# Die Geschichte von Stefan

Stefan war bis vor circa zwei Jahren noch in einer unglücklichen Beziehung und leider schien es so, dass jegliche Liebe und Verständnis, das er und seine Freundin am Anfang füreinander gehabt hatten, von heute auf morgen plötzlich verschwunden wäre. Sie stritten sich übermäßig oft und irgendwie hatte er ein sehr ungutes Gefühl. Betrog sie ihn? Oder hatte sie einfach nur keine Lust mehr auf ihn?

Leider musste er herausfinden, dass sie ihn betrogen hatte, es war so, als würde er jeglichen emotionalen Schmerz, den er jemals erlebt hatte, wieder erleben, und auch wenn es ihm schwerfiel, so beendete er die Beziehung sofort.

Mit dieser Frau hatte er zuvor fünf Jahre verbracht. Es machte ihn sehr wütend und natürlich war die Trauer erst mal groß. Er verstand es einfach nicht. Hatte er sie doch vor paar Monaten noch gefragt, ob alles in Ordnung wäre, da hatte sie doch mit Ja geantwortet. Trotzdem musste nun so etwas ans Licht kommen. Klar, dass sie Angst hatte, es ihm zu sagen, aber ein halbes Jahr jemanden zu belügen und zu hintergehen, war nicht gerade die feine Art. Schon gar nicht, wenn man wie sie der Beziehung sowieso keine Chance mehr gab. Wäre sie doch wenigstens bei diesem Gespräch damals ehrlich gewesen und hätte es ihm gesagt, dann wäre das alles nicht so schlimm gewesen.

Aber sei es drum, er beschloss, sich dadurch nicht unterkriegen zu lassen, und traf sich schon nach vier Wochen mit anderen Frauen zum Date.

Aber diese Dates und One-Night-Stands hatten alle irgendwie einen ziemlich faden Beigeschmack, denn trotz einiger Dates und Bettgeschichten war er doch danach immer wieder allein und fühlte sich einsam, verlassen und leer.

Was nun?

Er war etwas verzweifelt, da es scheinbar keine anständigen Frauen mehr zu geben schien.

Nach einiger Zeit hörte er von einer Methode, die besagte, man solle sich all die Attribute, die man sich von seinem zukünftigen Partner wünschte, aufschreiben und sich immer wieder durchlesen, damit würde man für sich selbst Klarheit schaffen und diesen Menschen in sein Leben ziehen.

Er dachte für sich: „Was für ein Schwachsinn, das kann doch überhaupt nicht funktionieren", aber in seiner Verzweiflung und der Angst, sich im Nachhinein Vorwürfe zu machen, dass er nicht alles probiert habe, tat er es. Zudem hörte er auf den Rat eines Freundes und meldete sich in einer Singlebörse im Internet an, was er ebenfalls für den letzten Blödsinn hielt. Jedoch dachte er für sich: „Okay, ich habe nichts zu verlieren, ich glaube zwar nicht dran, aber ich probiere es mal aus."

Kurze Zeit später flog er mit seinem Kumpel erst einmal in den Urlaub, um sich zu entspannen.

**Eine erotische Liebesgeschichte**

# Die Geschichte von Anja

# Die Geschichte von Anja

Anja befand sich vor einem Jahr noch in einer mehr oder weniger glücklichen Beziehung.

Zwar stritten beide nicht, aber irgendwie war die Luft raus. Sie hatten sich auseinandergelebt, hatten sich kaum noch etwas zu sagen und irgendwie lebte jeder nur noch sein Leben. Ihr fehlte einiges, denn irgendwie schien er sich nicht mehr für sie zu interessieren, ob es beruflich war oder privat, irgendwie schien alles auseinandergegangen zu sein. Sie waren jetzt circa 9 Jahre zusammen und davon sieben verheiratet, und dennoch waren sie sich so fremd geworden. Zwar versuchten beide die Beziehung noch irgendwie zu retten, aber es gelang ihnen nicht, egal was sie versuchten, sie wollten einfach nicht mehr zueinander finden, und so fassten beide gemeinsam den Entschluss, sich schweren Herzens dann doch besser zu trennen.

Einige Zeit nach der Trennung entschloss sie sich, endlich wieder auszugehen und einen Neustart zu versuchen.

Sie traf sich zwar mit Männern, aber irgendwie waren der Sex und auch die Männer an sich nicht das Wahre.

Sie stellte sich die Frage, ob es denn keine anständigen Typen mehr auf diesem Planeten gab.

## Eine erotische Liebesgeschichte

Nach einiger Zeit kam sie zu dem Entschluss, sich in einer Singlebörse im Internet anzumelden um dort ihr Glück zu finden. Sie hörte von einer Methode, dass man die Wünsche, die man an den Traumpartner hatte, ins Universum schicken solle und dass dieser Mensch dann ins Leben gezogen werde. Natürlich hielt sie es für Schwachsinn, aber sie tat es trotzdem und dachte bei sich: „Ich habe nichts zu verlieren, ich probiere es einfach mal aus."

# Kapitel 1

# Das Kennenlernen

# Kapitel 1

# Das Kennenlernen

Eigentlich wollte Stefan nur seinen Urlaub genießen, doch er entschied sich aus irgendeinem Grund, nun doch einmal seine E-Mails zu checken.

Als er sein E-Mail-Fach öffnete, staunte er, denn da war sie, eine Nachricht in seinem Postfach von einer Frau.

Er hatte sie vor einiger Zeit in der Partnerbörse angeschrieben, aber wie er auf ihr Profil gestoßen war, das wusste er gar nicht mehr.

War es ein Bauchgefühl oder war es doch nur ein Gedanke?

Egal, er antwortete ihr sofort, denn auf dem freigegebenen Foto fand er sie sehr sympathisch. Klar, ein solches Foto konnte auch täuschen, aber das war ihm egal, denn irgendwie war nach einigem Hin-und-her-Schreiben eines ganz klar, es lag etwas in der Luft.

Beide ahnten nicht, dass aus ihrer anfänglichen Schreiberei ein wahrer Textmarathon entstehen würde.

Auch sie war von seinen Fotos sehr angetan, doch auch ihr gingen die gleichen Gedanken durch den Kopf, was wäre, wenn das Foto bearbeitet oder schon älter war? Es könnte ein falsches Bild sein

# Eine erotische Liebesgeschichte

und auch die Ausstrahlung eines Menschen konnte niemals ein Bild wiedergeben. Fragen über Fragen, aber nach den ersten Mails verschwanden auch ihre Zweifel.

Beide sahen es am Anfang ziemlich locker, und auch wenn sie Interesse am jeweils anderen zeigten, so nahmen sie es nicht so ernst, begann doch bei beiden alles mit dieser absurden Idee, sich in einer Singlebörse im Internet anzumelden. Das konnte doch gar nicht funktionieren, dachten beide heimlich für sich.

Da er sich im Urlaub befand und es sich schwierig gestaltete, ins Internet zu kommen, bot er ihr an, der Einfachheit halber über Whatsapp zu schreiben.

Dieses Angebot nahm sie gerne an.

Sie schrieben sich unzählige Male hin und her, über den Beruf des anderen, Hobbys und vieles mehr. Während des Schreibens fragte er sich: Wer war diese Frau, an die er ständig im Urlaub denken musste? Konnte das wirklich so sein? Sie war doch eine völlig Fremde, und auch der Gedanke, dass es eine von vielen Mogelpackungen aus dem Internet sein konnte, ließ ihm keine Ruhe.

Die Neugierde packte ihn doch sehr, zu groß war seine Sehnsucht nach einer Frau wie ihr.

# Eine erotische Liebesgeschichte

Eine Frau, bei der er gleich so etwas wie eine Seelenverwandtschaft spürte, bei der nach den ersten Mails etwas in der Luft lag.

Er fühlte sich unsicher, aber gleichzeitig wuchsen sein Interesse und seine Neugierde auf sie.

Anja freute sich darauf, auf ihr Handy zu schauen, was sie ständig tat, und eine Nachricht von ihm zu bekommen. Schon allein das „Guten Morgen, gut geschlafen?" und andere kurze Mails lösten bei ihr ein Lächeln im Gesicht aus. Nach all dem, was sie in der letzten Zeit durchgemacht hatte, war er etwas Besonderes, er war ein Lichtblick in ihrem Leben. Obwohl sie ihn kaum kannte und sie sich bis jetzt nur geschrieben hatten, fühlte sie sich zu diesem Mann hingezogen.

Sie konnte sich nur nicht erklären, warum.

Sie war etwas unsicher und hielt sich erst einmal zurück, bis eine entscheidende Frage irgendwie das Feuer in beiden so richtig entfachte und das Eis komplett zum Schmelzen brachte.

Stefan schrieb ihr: „Du, sag mal, ich habe gehört, dass der Film Dirty Dancing bei Frauen eher das Gefühl nach Liebe, Nähe und Verbundenheit auslöst und der Film 50 Shades of Grey eher die sexuellen Wünsche anspricht. Stimmt das?"

## Eine erotische Liebesgeschichte

Er hatte sie mit dieser Frage doch absichtlich provoziert, aber mit dieser Antwort hätte er nie gerechnet.

Als er ihr diese Frage stellte, konnte sie nicht anders als ihm das zu sagen, was sie schon lange wollte, aber bis jetzt niemandem erzählt hatte, dieses Gefühl des Vertrauten, ihm alles erzählen zu können, obwohl sie sich nicht kannten, machte ihr die Antwort leicht.

„Ja, das stimmt, es weckt die Sehnsucht auch nach Spielchen von Dominanz und Unterwerfung."

Er fragte, ob sie auf solche Spielchen stand, und die Antwort war ein klares „Ja. Ja, ich stehe auf solche Spielchen."

Wie konnte sie ihm das so locker sagen und ihren vorherigen Partnern nicht? Ein Bauchgefühl sagte ihr, dass dieser Mann anders war. Und obwohl sie eher ein Mensch war, der mehr auf den Verstand hörte, war es bei ihm anders. Das Bauchgefühl gewann und es entwickelte sich ein Gespräch über sexuelle Wünsche und Sehnsüchte der beiden, die sie selbst mit ihren Ex-Partnern nie ausgelebt hatten.

Es gab nichts, was sie ihm nicht erzählen konnte, und zu ihrem Erstaunen war es bei ihm nicht anders. Auch er sprach offen über seine Sehnsüchte, Wünsche und Vorlieben.

Daraus entstand ein Gespräch, was sich beide nicht erklären konnten.

Waren Sie sich doch beide ganz fremd, aber doch irgendwie so nah.

Wer war dieser Mann, der aussprach, was sie dachte und fühlte? Der ihre Interessen teilte, und der keine Angst hatte, solche Wünsche offen auszusprechen, egal ob es um Dominanz, Kontrolle oder andere Dinge ging?

Es gab in ihren Mails keine Tabus und kein noch so schmutziges Detail wurde ausgelassen.

Wieder kreisten seine Gedanken in seinem Kopf: Wer war diese Frau, mit der er über all diese Dinge so offen und ehrlich sprechen konnte? Über all diese Fantasien, Sehnsüchte und Vorstellungen.

Eine Frau, mit der er über all diese erotischen Fantasien schrieb?

Langsam entwickelte sich beim Schreiben auch eine immer größere erotische, sexuelle Präsenz, die beide vor Sehnsucht nach dem anderen auffraß.

Immer wieder malten sich beide aus, wie es wohl sei, mit dem anderen zu schlafen, ohne Hemmungen, ohne Tabus und ohne Scham und Angst.

Sie schrieben sich immer öfter und zudem wurden die Textnachrichten mit zunehmender Stunde ziemlich versaut. Angefangen mit: „Ich küsse deinen Hals …" bis hin zu: „Ich

# Eine erotische Liebesgeschichte

knabbere an deinen Ohrläppchen. Meine Zunge gleitet deinen Hals hinunter bis zu deinen Brustwarzen, die ich mit der Zunge umspiele, bis sie hart und fest sind.

Dann knabbere ich mit einem leichten Druck an ihnen, bis du vor Erregung aufstöhnst. Ich gleite weiter und bedecke deinen ganzen Körper mit Küssen, erst über die Brust, dann über den Bauch, bis ich an deinen Kitzler komme. Dann umspiele ich deinen Kitzler ganz sanft mit meiner Zunge, und wenn du es vor Erregung kaum noch aushältst, dann werde ich fester und schneller, bis du vor Ekstase kommst."

Eine große sexuelle Anziehung und das Feuer der Begierde hatte sie gepackt und vollkommen Besitz von beiden ergriffen.
Eines war klar, sie mussten sich treffen.

# Kapitel 2

# Das Treffen

# Kapitel 2
# Das Treffen

Es ging absolut kein Weg dran vorbei, sie vereinbarten ein Treffen, sobald er aus dem Urlaub zurück sei.

Er wollte sie so schnell wie möglich sehen.

Natürlich wollte sie auch sofort zu ihm. Sie hatte Urlaub und sie hatte große Lust auf ein unbekanntes Abenteuer dieser Art. Hatte sie doch schon seit Ewigkeiten keinen Mann mehr vor Sehnsucht so begehrt wie diesen Fremden, mit dem sie ihre geheimsten Fantasien und Sehnsüchte per Mail austauschte.

Wie würde er sein?

Wenn sie nur an ihn dachte, wurde sie vor Erregung ganz feucht, auch er hielt es vor Erregung kaum aus.

Eine mehrstündige Autofahrt trennte sie und obwohl sie zweifelte, was wirklich dahintersteckte, packte sie ihre Sachen und fuhr los. Als sie auf der Fahrt an die Mail von gestern Abend dachte, fingen ihre Beine an zu zittern und sie musste sie vor Erregung zusammenkneifen. Feucht und erregt fuhr sie zu einem Fremden, mit dem sie leidenschaftlichen Sex haben wollte. War sie wirklich noch bei sich? Die Frau, die nichts Unüberlegtes in ihrem Leben vorher gemacht hatte. Deren Leben immer durchgeplant und vernünftig war. Was hatte er in so kurzer Zeit in ihr geweckt? Sehnsucht, Verlangen und die Lust auf etwas Neues? Sie wusste es nicht, aber sie musste ihn sehen.

Ihr gefiel der Gedanke doch sehr, gleich mit einem völlig Fremden ein heißes Sex-Abenteuer zu erleben.

Ihr Navi zeigte ihr an, dass sich die Fahrtzeit nun langsam dem Ende näherte, sie wurde immer nervöser, und als sie endlich angekommen war, da stand er schon vor der Tür und wartete bereits auf sie.

Beide sahen sich nur einen Moment lang an und es funkte sofort. Es war seltsam, fast wie in einem guten Hollywoodfilm, irgendwie traumhaft schön, aber auch beängstigend.

Sie umarmten sich und erst mal waren beide ein wenig schüchtern, zwar fanden sie sich gegenseitig so toll wie auf den Bildern, jedoch wussten beide nicht, wie der andere es sah.

Er wohnte in einem wunderschönen großen Haus mit einem großen Garten. Der Garten war mit einem Sichtschutzzaun von den Blicken der Nachbarn abgegrenzt.

Er bat sie herein. Das Innere des Hauses war sehr modern und hell eingerichtet und beim Betreten kam ihr sein Hund gleich entgegen: „Sammy ist ein Mischling und circa zwei Jahre alt", hörte sie

# Eine erotische Liebesgeschichte

Stefan von hinten rufen: „Ich hoffe, du hast keine Angst vor Hunden."

„Nein", entgegnete sie. „Ich liebe Hunde", anscheinend hatte Sammy das sofort gespürt und sie gleich mal zum Kraulen aufgefordert.

„Du bist bestimmt müde und hungrig von der langen Fahrt. Ich habe uns einen Tisch beim Italiener reserviert. Ich hoffe, du magst Italienisch." „Klar, jeder mag Italienisch."

„Kann ich mich vorher noch etwas frischmachen?"

„Du kannst oben das Bad benutzen und duschen. Handtücher liegen im Regal."

Sie kam aus dem Bad und er war überrascht, seine Augen waren ganz groß, sie hatte ein kurzes Samtkleid an und trug ihre langen braunen Haare jetzt offen. Aber auch sie staunte nicht schlecht, denn auch er hatte die Zeit genutzt, um sich zurecht zu machen. Er trug ein hellblaues Hemd und eine Jeans, die seiner Figur schmeichelte. Die Arme leicht hochgekrempelt und diese tollen rehbraunen Augen, in denen man versinken konnte. „Wollen wir dann?", fragte Stefan. „Klar", antwortete Anja.

Dann fuhr er seinen Sportwagen aus der Garage raus, er öffnete das Verdeck des Cabrios und hielt ihr wie ein Gentleman die Wagentür auf. Der Mann hatte Stil, das musste sie zugeben. Wie es aussah, war er nicht nur gutaussehend, sondern hatte auch Geld. Sie stieg ein und sie fuhren circa 15 Minuten zum Restaurant. Es war ein kleines gemütliches Lokal mit Blick auf einen Teich, der dazugehörte. Nach dem Essen unterhielten sie sich noch Stunden, bis er merkte, dass sie müde wurde. „Lass uns zurückfahren", sagte er.

In seinem Haus angekommen spürte sie, wie verspannt sie von der anstrengenden Autofahrt war und so fragte sie ihn nach einer Massage.

Natürlich sagte er Ja, denn seine Neugierde auf diese Frau fraß ihn auf. Nur mit einem Handtuch bedeckt betrat sie sein Schlafzimmer, legte sich auf sein Bett und streifte das Handtuch ab, sodass ihr Rücken freilag. Er massierte sie sanft und streichelte ihren Rücken, was ihr wirklich gefiel und sie leicht erregte. Das Verlangen nach ihm und nach seinem Körper wuchs. Sie wollte ihn küssen, ihn berühren, ihn zwischen ihren Beinen spüren und mit ihm schlafen.

Er massierte sie sanft und streichelte sie, was ihr gefiel und sie total erregte.

Sie wollte ihn nun endlich küssen, ihn verwöhnen und ihn in sich spüren.

# Eine erotische Liebesgeschichte

Er streichelte und küsste ihren Hals. Sein Atem durchflutete ihren ganzen Körper, ihre Nackenhaare stellten sich auf und sie stöhnte dabei leise.

Beide spürten dieses Verlangen. Sie griff nach dem Knopf an seiner Hose und öffnete diesen. Langsam glitt ihre Hand in seine Hose und streichelte sein Glied sanft, aber bestimmt, bis er das erste Mal aufstöhnte. Ja, dieser Mann war wirklich gut bestückt. Sein hartes und großes Glied machte sie nur noch schärfer und feuchter. Sie wollte ihn jetzt und hier, sie zog ihn aus, er griff nach ihren Händen und drückte sie über ihren Kopf fest aufs Bett, als er langsam in sie eindrang. Erst vorsichtig und dann immer schneller bewegten sich seine Hüften zwischen ihren Schenkeln, bis sie das erste Mal heftig kam. Er ließ ihre Hände los und bewegte sich weiter in ihr. Ihre Hände streichelten seinen Rücken und bewegten sich langsam zu seinem Po. Sie griff fest zu und er stöhnte auf: „Oh ja, Baby."

Es war einfach schön, von einem Mann so begehrt zu werden.

Sie verstand sich selbst nicht mehr, wie konnte sie gleich beim ersten Treffen mit einem völlig Fremden ins Bett steigen, aber der Verstand schaltete sich aus, denn die Begierde und ihr Verlangen waren so grenzenlos geworden, dass sie nicht mehr anders konnte.

Auch er genoss es in ihr zu sein, sie zu spüren und zu küssen, bis zu einem heftigen Orgasmus, der seinen Körper erschauern ließ. Beide hatten eine so enorme Anziehung aufgebaut, dass sie stundenlang leidenschaftlichen Sex hatten.

Anschließend schliefen beide eng umschlungen ein, bis sie nach circa drei Stunden von einem Geräusch aus dem Schlaf gerissen wurden. Sie erschreckten sich, aber es war nur Sammy, der sich im Schlafzimmer breitgemacht hatte.

Danach schliefen beide erneut ein.

Am Morgen entschlossen sie sich, schon früh aufzustehen, um so viel Zeit wie nur möglich miteinander zu verbringen.

Sie bereitete in der Küche das Frühstück schon vor, als er noch unter der Dusche stand. Sie wusste schon genau, was er wollte, und bereitete zum Frühstück ein leckeres Omelett mit Käse und Speck.

# Eine erotische Liebesgeschichte

Sie hatten sich an diesem schönen Sommertag dazu entschieden, ins Schwimmbad zu gehen.

Als es leicht dunkel wurde und beide das letzte Mal ins Wasser gingen, da zog Stefan sie ganz nah an sich, so nah, dass sie seine Erregung an ihrem Unterleib spürte. Das machte sie an, so sehr, dass sie ihn an einen Teil des Beckens zog, der etwas abseits lag.

Sie küsste ihn und umschlang sein Becken mit ihren Beinen. Er griff fest ihren Po, hielt sie fest und drückte sie dabei gegen den Rand des Beckens. Es machte beide fast wahnsinnig, die Erregung des anderen zu spüren. Sie wollte ihn. Sie küsste ihm sanft am Hals entlang und hauchte ihm ins Ohr: „Fick mich."

Stefan zog ihr langsam ihr Bikinihöschen ab und seine Badehose runter. Dann presste er seinen Körper an ihren. Sie umklammerte ihn wieder mit ihren Beinen.

Er drang hart und fest in sie ein, genau wie sie es wollte. Er drückte sie fest gegen den Beckenrand, während er sich mit einer Hand am Rand festhielt und mit der anderen fest in ihre Pobacke kniff. Seine Bewegungen wurden immer stürmischer, bis sie am Höhepunkt leise aufschrie. Nun zog er sie noch fester an sich, bis auch er am Höhepunkt leise stöhnte.

Beide schauten sich an, es hatte wohl niemand mitbekommen. So blieben beide noch einen Moment beieinander, dann zogen sie sich ihre Schwimmkleidung wieder an und verließen anschließend das Wasser.

Den Abend genossen beide und ließen ihn im Whirlpool ausklingen.

Sie hatten wirklich schöne fünf Tage miteinander, sie gingen Eis essen, fuhren mehrmals ins Schwimmbad und hatten jeden Tag Sex.

Als der Sonntag herannahte, wurde für beide klar, dass sie sich wohl mehr zu sagen hatten und mehr bedeuteten als nur ein bisschen Spaß im Bett.

Es fiel ihr zusehends schwer, ihn zu verlassen. Würde sie ihn je wiedersehen? Hatte sie sich doch dermaßen in ihn verschossen!

Ihm ging es nicht anders und er bot ihr an, sie eine Woche später zu besuchen.

Es fiel ihr sehr schwer, nach Hause zu fahren, und in Tränen lag sie neben ihm im Bett. Wie sollte sie die nächsten Tage nur ohne diesen zärtlichen, einfühlsamen Mann aushalten?

Er nahm sie fest in die Arme und sagte ihr: „Süße, ist doch kein Problem, alles wird gut. Wir sehen uns doch in ein paar Tagen schon wieder. Mach dir keine Sorgen."

# Eine erotische Liebesgeschichte

Das beruhigte sie sehr.

Sie machte sich dann auf den Heimweg, doch bevor sie losfahren konnte, stoppte er ihr Auto. Er gab ihr die Anweisung das Fenster zu öffnen, und als sie das tat, hielt er ihren Kopf in seinen Händen und er küsste sie leidenschaftlich. „Was für ein Abschiedskuss", dachte sie.

Mit ständigen Gedanken an ihn und an diesen Kuss im Kopf fuhr sie die weite Strecke nach Hause.

Es würde eine schwere Zeit werden, denn sie wusste, nun muss sie Tage ohne ihn aushalten.

# Kapitel 3

# Der erwartete Besuch

# Kapitel 3
## Der erwartete Besuch

Sie hatte eine kleine helle und gemütliche Wohnung auf dem Dorf. Sie freute sich schon sehr auf ihn, vor allem weil die Sehnsucht nach Zärtlichkeiten und Sex in den letzten Tagen unerträglich geworden war.

Natürlich konnten beide in diesen Tagen ihr Handy nicht aus der Hand lassen, da sie sich jeden Tag schreiben mussten.

Klar, beide vermissten sich gegenseitig sehr, und trotzdem tauchten immer wieder Zweifel auf, denn alles lief einfach zu perfekt, um wahr zu sein.

Ihr Vertrauen zueinander, dieses Verständnis, die Gemeinsamkeiten und dieser atemberaubende Sex.

War es das wirklich? Konnte das wirklich wahr sein?

Es machte ihnen Angst und dennoch war ihre Anziehungskraft zueinander so stark, dass beide die nächsten Tage eine ziemliche Erregung durchlebten.


Auch ihre körperliche Distanz änderte daran nichts.

In Gedanken und auf der Seelenebene waren beide doch trotzdem sehr verbunden.

## Eine erotische Liebesgeschichte

Er machte sich früh morgens auf den Weg, um endlich bei ihr sein zu können.

Als er dann endlich bei ihr ankam, wartete sie bereits auf ihn. Nie hätte er sich zu träumen gewagt, dass sie ihn in sexy Dessous erwartete. Er betrat das Zimmer, überall waren Kerzen aufgestellt. Sie gab ihm ein Glas Sekt in die Hand und stieß mit ihm an.

Seine Augen leuchteten, als er sie von oben nach unten anschaute. Sie trug eine weiße Corsage, einen weißen String und dazu Strapshalter und Strapse, die ihre Beine bis zu den Oberschenkeln bedeckten. Die High Heels, die sie dazu trug, machten das Outfit perfekt und erregten ihn umso mehr.

Sie spürte, wie sehr ihn der Anblick anmachte.

Bei seinen gierigen Blicken wurde ihr heiß und es durchzog ihr Gesicht mit Röte vor Aufregung.

Er zog sie fest an sich, drückte seinen Unterleib gegen ihren und küsste sie zärtlich auf den Mund.

Die Küsse wurden heftiger und ihre Zungen spielten miteinander.

Er hob sie hoch, während ihre Beine seine Hüfte umschlossen.

Er küsste sie am Hals und setzte sie aufs Bett. Dann fing er an, sich ganz langsam auszuziehen, und als er ihr nackt näherkam, blickte sie fasziniert auf sein steifes Glied.

# Eine erotische Liebesgeschichte

Sie küsste sein Glied und umspielte seine Hoden und seine Eichel mit ihrer Zunge.

Er nahm ihren Kopf und drückte ihn fest gegen seinen Penis, sodass er fast ganz in ihrem Mund verschwand.

Er stöhnte vor Erregung auf.

Sie flüsterte ihm zu: „Los, fick mich, hart und fest."

Stefan drückte sie fest aufs Bett und fing an, Anjas Beine zu liebkosen.

Seine Zunge wanderte ganz langsam von den Unterschenkeln zu den Oberschenkeln, das erregte sie so sehr, dass ihr ganzer Körper vibrierte. Mit vielen Küssen und Zungenspielen wanderte er langsam zu ihrer ganz feucht gewordenen Muschi.

Er riss ihr den String herunter und begann ihren Kitzler mit seiner Zunge zu umspielen.

Anja stöhnte laut auf: „Ich will dich."

Stefan packte ihren Haarzopf, drückte ihre Beine auseinander und drang fest in ihre nasse Muschi ein.

Hart und fest besorgte er es ihr, bis sie mit einem lauten Schrei kam.

Auch er spritzte kurz darauf in ihr ab.

## Eine erotische Liebesgeschichte

Am nächsten Abend entschieden sie sich, noch ins Kino zu gehen. Sobald es dunkel wurde und der Film anfing, fiel es ihr schwer, die Finger von ihm zu lassen und an sich zu behalten. Viel zu groß war ihr Wunsch nach der Nähe zu ihm.

Sie berührte ihn immer wieder leicht. Mal streichelte sie sein Bein, sie küsste ihn auf den Hals oder kraulte ihn im Nacken. Als sie dabei immer schärfer und richtig feucht wurde, ließ sie ihre Hand zwischen seine Beine gleiten. Aber nicht nur sie war erregt. Auch er wollte mehr. So glitt seine Hand ganz langsam über ihre Beine unter ihren Rock. Er schaute sie mit großen Augen an, als er merkte, dass sie unter ihrem Rock keinen Slip trug. Sie griff nach seiner Hand und beide verließen den Kinosaal. Sie schauten sich um und entdeckten, dass in dem Raum nebenan kein Film mehr lief. Sie zog ihn dort hinein.

Er setzte sich auf einen Stuhl und öffnete langsam seine Hose. Als sie sein Glied sah, hob sie ihren Rock und setzte sich einfach auf ihn. Erst langsam, dann immer schneller bewegten sich beide auf und ab bis zum Orgasmus. Anschließend gingen sie wieder in ihren Film, um den Rest noch zu sehen.

Es war schön und speziell, denn beide hatten so etwas vorher noch nie getan. Es war voller Spannung, denn man hätte sie erwischen und des Kinos verweisen können, aber auch das war ihnen egal.

## Eine erotische Liebesgeschichte

Nach dem Film fuhren sie wieder zu ihr, um eine weitere schöne Nacht zusammen zu verbringen. Es schien, als sei ihre sexuelle Anziehung und Energie grenzenlos, denn egal, wann sie miteinander schliefen, genossen es beide in vollen Zügen.

Am darauf folgenden Tag ging sein Handy kaputt, was ihn aber nicht störte, denn es war Wochenende und schließlich war er bei ihr. Er musste nicht erreichbar sein und wenn ihn keiner anrufen würde, so würde ihn auch keiner stören.

Nach fünf Tagen verließ er sie wieder, denn er musste am nächsten Tag wieder arbeiten.

Natürlich waren beide sehr traurig, da nun wieder eine weitere Trennung für ein paar Tage vor ihnen lag.

Aber irgendwie würden sie die Zeit schon herumbekommen, zumindest hofften sie das, denn es war gar nicht so leicht nach solch schönen Tagen, die weiteren Tage nun wieder allein durchzustehen.

# Kapitel 4

# Einsam und verlassen

# Kapitel 4
# Einsam und Verlassen

Er fühlte sich einsam und verlassen, denn sein Handy war doch auf seiner erotischen Liebesreise kaputtgegangen.

Auch ihr ging es nicht anders, der Mann, den sie sexuell, aber auch von ihrem Herzen so anziehend fand, war nun nicht mehr so leicht zu erreichen.

Beide wussten, dass es eine harte Nacht werden würde, denn sie hatten keine Chance, sich gegenseitig zu schreiben.

Ihre große Begierde füreinander machte das Ganze noch unerträglicher. Auch ihr Telefonat, welches sie vorher führten, half ihnen wenig und gab ihnen kaum Trost.

Beide konnten nicht schlafen und lagen stundenlang wach in ihrem Bett. Viel zu schön waren die vergangenen Tage, die beide in Erinnerung schwelgen ließen.

Sie hatten sich so richtig ineinander verliebt.

Ihn beschäftigte fast nur noch die Frage, wie er schlafen sollte, hatte er sich doch so an die erotisch feurigen Nächte mit anschließendem Kuscheln gewöhnt.

Es war einsam, das Bett war kalt und es war niemand da, den er hätte im Arm halten können. Als er so allein im Bett lag, dachte er über viele Dinge nach, aber sein wichtigster Gedanke war, sie endlich wieder zu sehen.

Diese Frau, die ihn verstand, die einfühlsam, liebevoll und sexuell offen war, war so ganz anders als die anderen, mit denen er früher geschlafen hatte.

Natürlich hatte er noch einige Fantasien für ihr nächstes Treffen parat und er wusste, dass es wohl wieder heiß hergehen würde.

Es versprach wieder eine Zeit voller Leidenschaft, Sex und Fantasien zu werden, ohne dass er wusste, dass sie sich längst auch einige scharfe Fantasien zurechtgelegt hatte.

Er fragte sich, wie es ihr wohl ging. Empfand sie genauso? War es genauso schlimm?

# Eine erotische Liebesgeschichte

Aber auch ihr ging es nicht besser.

Schon der Gedanke an die vergangenen schönen Tage rührte sie zu Tränen.

Sie fühlte sich einsam so allein im Bett, auch wurde sie bei dem Gedanken an ein erneutes Treffen sehr heiß.

Es war schlimm, war es doch der beste Sex, den sie je hatte.

Sie dachte daran, wie er sie beruhigen konnte und wie sie sich bei ihm hingeben konnte.

Auch seine innere Stärke, die Dinge mit Ruhe und Gelassenheit zu sehen, ließen ihr keine Ruhe.

Konnte das wirklich der Mann ihrer Träume sein, der, den sie sich schon immer gewünscht hatte? Es war seltsam, wie schnell sie Nähe und Vertrauen zu ihm aufbaute, und auch wenn sie manche ihrer Freunde für verrückt hielten, so liebte sie diesen Mann jetzt schon.

Auch der nächste Tag ließ beide mehr oder weniger vor Sehnsucht und Einsamkeit kaputtgehen.

Zwar hatte er sich nach der Arbeit ein neues Handy gekauft, doch es funktionierte nicht so richtig, sodass beiden wieder nicht mehr blieb als ein kurzes Telefonat, in dem beide dem anderen mitteilten, dass sie ihn sehr vermissten.

## Eine erotische Liebesgeschichte

Wie würde es weitergehen, würden beide es aushalten, die weiteren Tage nicht zu schreiben und sich weiterhin nur mit kurzen Telefonaten zu trösten?

Wie sollte es im Allgemeinen überhaupt weitergehen? Würden sie sich beim nächsten Treffen noch immer so begehren, oder wäre schon eine Art Alltag, eine Art Langeweile, oder gar Routine eingetreten? Oder gäbe es gar Streit und Meinungsverschiedenheiten? Fragen, die beide doch sehr beschäftigten.

Vielleicht würde er wieder wie ein wildes Tier über sie herfallen und ihr Verlangen nach ihm stillen, dachte sie für sich.

Vielleicht auch nicht, aber wenn nicht, würde sie es schaffen, ihre wilden Triebe herauszulassen und ihn ins Bett zu bekommen?

Sie dachte ständig daran, wie sie ihn ins Bett bekommen konnte, ohne zu wissen, dass er es ja genauso sah. Fragend blickte sie auf ihren Schrank, sollte sie die Reizwäsche einpacken? Sie wusste, wie sehr er auf Strapse stand, und dass sie ihn so mit Sicherheit herumbekommen würde.

Ihr war klar, dass, wenn er sie in dieser heißen Unterwäsche sehen würde, dass er wohl kaum Nein sagen konnte.

## Eine erotische Liebesgeschichte

Tage vergingen mit kaum Kontakt.

Heute kam ihr die Idee, ihn wieder anzurufen, da sie ihn so sehr vermisste. Hatten doch beide über das Internet eine Telefonzeit ausgemacht, wo sie ihn auf der Arbeit gut erreichen konnte.

Die Zeit, die sie zum Telefonieren hatten, war kurz, aber dennoch sehr schön und irgendwie prickelnd.

Sie ging abends zu Bett und konnte wieder vor Aufregung kaum schlafen.

Er lag auch noch stundenlang zu Hause wach, er freute sich auf den morgigen Tag und ein Wiedersehen. Er freute sich, sie endlich wieder im Arm zu halten, mit ihr zu schlafen, sie zu küssen und ihr seine Liebe zu zeigen, sich an sie zu kuscheln und nachts schmusend bei ihr einzuschlafen.

## Eine erotische Liebesgeschichte

**Der Wecker klingelt**

Er dachte für sich: „Was für ein wunderschöner Tag", heute konnte ihn nichts aus der Ruhe bringen, denn heute war es endlich wieder so weit, heute Abend würde er sie endlich wieder sehen.

Er musste nur diesen Tag überstehen.

Auch sie war frühmorgens aufgestanden, wenn doch dieser blöde lange Arbeitstag nicht wäre, dann wäre sie schon viel früher bei ihm.

Jedoch machten die Freude und das Verlangen, dass beide dem Abend entgegenfieberten, es für sie sehr einfach.

Denn sie waren sich irgendwie sicher, dass sie wieder eine wunderschöne und tolle Zeit miteinander erleben würden.

Es war wie für kleine Kinder, die auf Weihnachten warteten, um dann endlich ihre Geschenke auszupacken, und durch ihre große Vorfreude verging der Arbeitstag wie im Flug.

Er saß vor dem Fernseher und schaute einen Film, er musste sich irgendwie ablenken und die Zeit herumbekommen.

Er hatte keine Ruhe, denn bald kam sie endlich wieder.

Am späten Abend lief sein Hund zur Haustür und bellte. Hatte es geklingelt?

## Eine erotische Liebesgeschichte

Nein. Er war sich sicher, dass nicht. Es kam ihm etwas komisch vor, also ging er raus und da stand sie schon vor der Tür.

Sein Hund hatte den Klang ihres Autos erkannt und wusste genau, wer da vorgefahren war.

Vielleicht vermisste sein Hund sie genauso, irgendwie verständlich, hatte er doch von ihr morgens immer Wurststückchen und Schmuseeinheiten bekommen.

Beide fielen sich erst mal in die Arme und hielten sich innig fest, es war fast so, als würde ein Lichtstrahl die Herzen der beiden miteinander verbinden. Ein wunderschönes Gefühl der Verbundenheit.

Nach ihren zärtlichen und leidenschaftlichen Küssen gingen beide ins Haus.

Klar musste sie nach dieser langen Autofahrt erst einmal duschen. Sie zog sich aus und drehte das Wasser auf. Sie ließ das Wasser über ihr Gesicht laufen. Auf einmal spürte sie ihn hinter sich.

Er presste seinen Körper an ihren, küsste sie, hob sie hoch und drückte sie fest gegen die Wand.

Ihre Beine und Arme umschlangen seinen nassen Körper und er drang tief in sie ein. Er konnte nicht anders, bis beide stöhnend kamen.

## Eine erotische Liebesgeschichte

Am nächsten Tag kochten beide zusammen und anschließend zeigte er ihr die Gegend, etwas mit einigen schönen Sehenswürdigkeiten.

## Eine erotische Liebesgeschichte

Zu Hause entschieden sie sich, einen Filmabend zu machen, und suchten sich gemeinsam Filme aus, es wunderte nicht, dass beide wirklich den gleichen Filmgeschmack hatten.

Denn auch hier fanden sie schnell eine Einigung.

Diese wunderschönen Tage vergingen leider auch mal wieder wie im Flug, was sie beide sehr traurig machte, da sie sich nun wieder für paar Tage nicht sehen würden.

Er küsste sie zum Abschied, bevor sie mit Tränen in den Augen ins Auto einstieg und nach Hause fuhr.

Da war er wieder, der Gedanke, wie er die nächsten Tage ohne sie auskommen sollte.

Auch sie dachte auf der Autofahrt daran, wie lange doch die Tage sein konnten.

Während dieser Zeit texteten sie sich natürlich wieder ausführlich.

# Kapitel 5
# Ein dunkler Tag

# Kapitel 5
## Ein dunkler Tag

Als er sich an diesem Abend ins Bett legte, hatte er gleich ein schlechtes Gefühl. Irgendetwas stimmte nicht, aber er konnte es sich nicht erklären.

Nach endlosem Herumwälzen im Bett gelang es ihm dann doch, endlich einzuschlafen.

Doch sein Schlaf war nicht von langer Dauer, denn nach kurzer Zeit klingelte schon der Wecker und nach einer kurzen Nacht erwachte er nach nur vier Stunden Schlaf.

Es half nichts, er musste aufstehen und sich für die Arbeit vorbereiten. Er war sehr müde und sein schlechtes Gefühl begleitete ihn beim Fertigmachen, ob beim Duschen, beim Zähneputzen oder Frühstücken, und selbst sein ganzer Arbeitstag war davon geprägt.

Das Einzige, was ihn etwas beruhigte, war, dass seine Liebste heute Abend endlich wiederkam.

Nach Feierabend fuhr er nach Hause und wartete dort wie immer auf sie.

Aber sie kam nicht. Es war bereits Mitternacht, als er wartend auf die Uhr starrte.

## Eine erotische Liebesgeschichte

Wieso war sie noch nicht da?

Er schrieb sie an, was los sei und ob etwas passiert sei.

Doch er bekam keine Antwort. Er dachte: „Vielleicht ist etwas beim Fahren passiert, vielleicht steckt sie im Stau, oder schlimmer noch, sie hatte vielleicht sogar einen Unfall." Seine Sorgen machten ihn verrückt und er entschied sich, sie anzurufen, doch sie ging nicht ran.

Kein Lebenszeichen von ihr, irgendwie war sie unerreichbar, denn auch weitere Versuche, sie zu erreichen, scheiterten.

Was war nur los? Lag sie vielleicht im Krankenhaus oder hatte sie sogar einen tödlichen Unfall gehabt?

Er wurde von Minute zu Minute nervöser und an Schlaf war überhaupt nicht mehr zu denken, viel zu groß waren seine Ängste und Sorgen und mittlerweile war es sowieso drei Uhr nachts.

Er entschloss sich, die weite Strecke auf sich zu nehmen und zu ihr zu fahren, und machte sich gleich auf den Weg. Auf seiner Fahrt machte ihm die Müdigkeit doch schwer zu schaffen, aber er hielt sich mit lauter Musik und Kaffee wach, so gut es ging. Immer wieder fielen ihm die Augen kurz zu.

Plötzlich hupte es, er öffnete die Augen und riss das Lenkrad reflexartig herum. Beinahe hätte er auf seiner ohnehin beschwerlichen Fahrt noch einen Unfall gebaut, aber es war nochmal gut gegangen.

Stefan merkte, dass es nun doch an der Zeit war, wenigstens kurz noch einmal Rast zu machen. So fuhr er 80 Kilometer vor dem Ziel auf einen Rastplatz, um sich doch noch ein wenig auszuruhen.

Er versuchte sie noch mal anzurufen, auch wenn es erst sechs Uhr morgens war, so erhoffte er sich doch, ein kleines Lebenszeichen von ihr zu erhaschen, doch auch diesmal ging niemand ran und so entschloss er sich, auch noch den Rest der Strecke auf sich zu nehmen.

Als er endlich bei ihr ankam, da staunte er nicht schlecht, denn nicht nur ihr Auto stand vor ihrer Tür, sondern noch ein weiteres.

Das zweite Auto kannte er zwar nicht, doch trotzdem kam ihm dies etwas komisch vor.

Er klingelte, doch keiner machte ihm auf. Er versuchte sie erneut anzurufen, doch auch hier kam keine Reaktion.

Er stieg über den Gartenzaun, der das Grundstück umzäunte, um hinterm Haus nachzuschauen.

Als er an die Balkontür ihres Schlafzimmers kam, da sah er sie.

Sie war nackt ans Bett gefesselt und ihre Augen waren verbunden. War sie festgehalten worden? Oder was war los? Doch dann wurde es ihm langsam klar, als ein anderer Mann nackt ins Zimmer kam und sie von hinten nahm, während er ihre langen

Haare um seine Hand wickelte und sie fest an sich zog.

Ihr erregtes Stöhnen und Schreien war bis durch die Fenster zu hören.

So etwas Ähnliches hatte er doch schon einmal erlebt, und irgendwie kam ihm der Gedanke „Ich hab's gewusst, alle Frauen sind gleich und man kann ihnen nicht trauen. Da hab ich mich wieder auf etwas eingelassen und das hab ich jetzt davon, wieder eine Enttäuschung."

Eigentlich hatte er gedacht, dass es zwischen ihnen etwas Spezielles sei, was nur sie miteinander geteilt hätten, und umso mehr verletzte und schmerzte es ihn.

Verzweiflung, Enttäuschung und Traurigkeit brachen in Sekunden über ihn herein.

Er nahm seine ganze Wut und seinen Zorn zusammen und als er gerade mit voller Wut an die Fenster schlagen wollte, ring, ring, da klingelte sein Wecker.

Er erschreckte sich, und unter Tränen musste er sich erst langsam orientieren, bevor er langsam zu sich kam.

Schweißgebadet lag er im Bett. „Puh! Es war nur ein böser Traum."

Er schaute auf sein Handy, doch da war nichts, er kniff sich, sprang im Zimmer auf und ab, erst dann beruhigte er sich wieder.

## Eine erotische Liebesgeschichte

Heute kam endlich seine Geliebte wieder zu ihm. Als er sich gerade fertigmachen wollte, um zur Arbeit zu fahren, da klingelte sein Handy. Eine Whatsapp von ihr hatte ihn erreicht. Als er sie las, durchzog ihn ein Schauer.

Er brauchte zehn Minuten, um das Ganze zu verdauen und zu begreifen.

„Guten Morgen, mein Schatz. Ich liebe dich und wünsche dir einen schönen Tag. Freu mich auf dich."

Gott sei Dank, es war wirklich alles nur ein Traum gewesen.

Es verfolgte ihn an diesem Tag noch eine ganze Weile, doch am Abend kam sie wie immer pünktlich und wie erwartet bei ihm an.

# Kapitel 6
# Die Burg

# Kapitel 6
# Die Burg

Sie war sehr müde, als sie nach einem harten Arbeitstag und mehreren Stunden Autofahrt endlich bei ihm ankam. Sie hatte ihn in diesen Tagen extrem vermisst, und die weite Entfernung zwischen den beiden machte ihr doch wirklich sehr zu schaffen.

Sie küssten und umarmten sich liebevoll, denn sie freuten sich einfach beide so sehr, einander wiederzusehen.

Es schien so, als würden es wieder ereignisreiche, abenteuerliche und schöne Tage zu werden.

Sie gingen an einem Tag wandern und er zeigte ihr seine Gegend, und als sie an den schönsten See kamen, hielten sie erst mal, um zu rasten und die Landschaft zu genießen.

Klar fand sie den Ausblick über den ganzen See auf dieser Parkbank sehr romantisch. Mitten im Wald saßen beide mit Blick über das glasklare Gewässer und die Wälder, eine wunderschöne Aussicht wie in einem Buch, die unschlagbar schien.

Kein Mensch in der Nähe weit und breit. Ihre einzige Gesellschaft waren nur ein paar Vögel und Eichhörnchen. Es machte es eher noch romantischer, da die Vögel sowie Eichhörnchen so zutraulich waren, dass beide sie in Ruhe beobachten durften.

Wahrscheinlich hatten frühere Besucher sie oft gefüttert und somit gezähmt, sodass sie keine Berührungsängste mehr zu Menschen hatten.

Er nahm ihre Hand und sie kuschelte sich an ihn, und bei dieser schönen Aussicht genossen beide die Natur für eine ganze Weile.

Sie dachte für sich: „Oh Mann, ich genieße einfach jede Minute mit diesem Mann, ob es das Kuscheln, die Ausflüge oder der Sex ist. Es passt einfach."

# Eine erotische Liebesgeschichte

Nach einiger Zeit gingen sie weiter zu einer Burg und den Burgturm hinauf mit Ausblick über die ganzen Seen und die Waldlandschaft.

Als sie dort in seine Augen blickte, verlor sie sich völlig in ihnen, denn sie sank so tief in seine schönen rehbraunen Augen, die sie so sehr liebte.

Sie sagte ihm: „Ich liebe einfach alles an dir, deine Augen, den Sex, deinen durchtrainierten Körper, deinen knackigen Hintern. Du kannst so toll küssen, und auch sonst stimmt einfach alles."

Sie konnte nicht verstehen, wie man einen Menschen nach so kurzer Zeit so lieben konnte.

Auch er konnte dieses Phänomen nicht verstehen, geschweige denn erklären, und als sie abends von einem wunderschönen Ausflug nach Hause kamen, da lag Erotik in der Luft.

Sie fand den Sex mit ihm so gut, dass sie ihm sagte: „Ich will deinen Penis für immer in mir spüren und gar nicht mehr absteigen."

Sie kannte ein solch schönes Gefühl nicht, da sie so etwas noch nie erlebt hatte.

Als sie in der nächsten Woche zu ihm kam, entschlossen sich beide, neue Dinge auszuprobieren.

## Eine erotische Liebesgeschichte

Sie fesselte ihn und verband ihm die Augen, dann küsste sie ihn zärtlich und knabberte an seiner Unterlippe.

Sanfte Küsse verteilte sie über seinen ganzen Körper.

Zuerst am Hals, dann seine Brust und seinen Bauch.

Stefan erregte es sehr, denn gerade dass er sie nicht sehen und nicht anfassen konnte, hatte einen ganz besonderen Reiz.

Dann berührte Anja ganz leicht sein steifes Glied mit ihren Lippen.

Ihr Atem an seinem Penis und die leichten Berührungen ließen Schauer über seinen ganzen Körper laufen.

Oh, wie gerne hätte er sie jetzt an sich gezogen und sie einfach nur gefickt.

Sie küsste nun erst mal an seinen Oberschenkeln weiter, bevor sie sich ganz auf seinen Steifen konzentrierte.

Sie umspielte seinen Penis mit ihrer Zunge, dann nahm sie ihn tief in ihren Mund und mit gleichmäßigen, immer schneller werdenden Bewegungen brachte sie ihn stöhnend zu Höhepunkt.

Anschließend befreite sie ihn, und bevor sie etwas sagen konnte, da küsste Stefan ihren Hals und glitt mit seiner Zunge langsam zu ihren Brustwarzen. Die eine umkreiste er mit seiner Zunge und die andere nahm er zwischen zwei Finger und drehte sie sanft, solange, bis beide Nippel fest und hart standen.

## Eine erotische Liebesgeschichte

Dann streichelte er von den Brüsten über den Bauch zum Oberschenkel hoch und runter, immer wieder streifte er dabei ganz sanft ihre feucht gewordene Muschi, was Anja bei jeder Berührung sehr erregte. Bis schließlich ihr ganzer Körper zitterte und sie es vor Erregung kaum noch aushielt, da glitt er mit seiner Zunge zu ihrer tropfenden feuchten Muschi und umspielte sie bis zum Orgasmus.

Sie hatten das Gefühl, dass der Sex von Mal zu Mal besser wurde und dass ihnen die Fantasien wohl nie ausgehen würden.

An diesem Wochenende besuchten die beiden ein Volksfest in seiner Gegend.

Als sie so händchenhaltend über das Fest schlenderten, da passierte es: Seine Ex-Freundin tauchte auf dem Fest auf und versuchte ihn anzugraben, obwohl sie sah, dass er mit seiner neuen Freundin unterwegs war. Doch es ließ ihn völlig kalt und seiner Neuen waren diese Versuche ebenfalls gleichgültig, denn sie hatte eine große Sicherheit und ein unerschütterliches Vertrauen zu ihm. Sie gingen so vertraut und liebevoll miteinander um, dass man meinen konnte, sie seien schon ewig zusammen. Niemals würde einer von beiden den anderen hintergehen.

## Eine erotische Liebesgeschichte

Leider musste sie am frühen Morgen schon früh los und so brachte er sie gegen Mitternacht nach Hause.

Er hingegen ging erneut zum Volksfest bis in die frühen Morgenstunden, aber als er zurückkam, kuschelte er sich ganz fest an sie.

Am Morgen frühstückten sie zusammen ausführlich auf dem Balkon und genossen die ersten Sonnenstrahlen. Sie küssten, umarmten und verabschiedeten sich, da sie nun wieder den Heimweg antreten musste. Beide freuten sich natürlich sehr auf die nächste Woche, denn dann würden sie sich wiedersehen.

Die Tage vergingen wie üblich mit einer langen Schreiberei von Nachrichten, voller Liebes- und Vermissensbekundungen. Gut, dass sie wieder nur paar Tage voneinander trennten. Wenn bloß nicht diese weite Distanz wäre, dann wäre doch alles kein Problem und es wäre viel einfacher.

Zu schön waren die Tage und die gemeinsame Zeit bei ihm, als dass sie darauf verzichten könnte. Dazu kam auch, dass sie sexuell immer noch leidenschaftlich für diesen Mann brannte.

Bei ihrer Ankunft in dieser Woche gingen beide erst einmal zusammen duschen. Sie entschlossen sich, sich gegenseitig mit kleinen sanften Streicheleinheiten einzuseifen. Das war natürlich sehr aufregend und erregend für beide. Er küsste ihren ganzen Körper unter der Dusche, über ihren Hals, ihre Brust bis herunter zu ihrer Lustzone, auch sie küsste seinen Körper bis zu seinem Glied. Er zog sie zu sich, drehte sie um und drückte seinen Körper gegen ihren Rücken. Ihre Brustwarzen berührten die kalte Wand, wodurch ihre Nippel ganz hart wurden. Sie spreizte ihre Beine und er drang von hinten in sie ein.

Vor Erregung stöhnte sie laut auf. Durch die Kälte an ihrer Brust und durch sein hartes Glied durchzog ein Schauer ihren ganzen Körper. Alle Muskeln zogen sich zusammen, als er sich mit fester Bewegung gegen sie drückte.

Mit beiden Händen hielt er sich an ihren Hüften fest, die er bei jeder Bewegung fester gegen seinen Unterleib zog. Sie schrie voller Lust auf, als ihr Körper den Höhepunkt erreichte. Er spürte, dass es auch bei ihm bald so weit war. Seine Hand griff ihre Brust und massierte sie. In diesen Momenten war alles um sie herum völlig egal geworden. Sie genossen diesen Moment voller Ekstase, bis beide gleichzeitig kamen und vor Lust aufstöhnten. Er hielt sie noch fest im Arm, bis ihre Muskeln sich vom Zucken beruhigt hatten. Er nahm sie auf die Arme und trug sie ins Bett. Er legte sich zu ihr, umschlang ihren Körper mit seinem und beide schliefen sofort ein.

Am nächsten Tag hatte er viel zu arbeiten, während sie die Zeit nutzte, um einkaufen zu fahren.

Sie hatte verschiedene Sorten Obst besorgt, die sie in Schälchen gepackt und im Schlafzimmer deponiert hatte. Dann zog sie ihre schwarzen Strapse, das schwarze Negligé und ihre Pumps an.

Als er dann abends nach der Arbeit ins Zimmer kam, wurden seine Augen groß. So etwas hätte er nicht erwartet, aber es gefiel ihm, was er sah.

Er ging auf sie zu und zog sie an sich, und sie spürte seine Erregung an ihrem Unterleib, während er sie fester an sich zog.

Dann bat sie ihn, sich aufs Bett zu legen, wo sie seinen ganzen Körper mit Obst bedeckte und ein Stück nach dem anderen naschte, bis sie mit ihren Lippen an seinem erregten Glied ankam.

Sie umspielte seine Eichel mit ihrer Zunge, küsste sein Glied, leckte und saugte daran. Ganz tief nahm sie sein hartes Glied in den Mund, sein Körper war total angespannt, bis er aufstöhnte und ihr explosionsartig in ihren Mund spritzte. Sie genoss es sehr, dass sie ihn so erregen konnte.

# Kapitel 7

# Die Dusche

# Kapitel 7
## Die Dusche

Am darauffolgenden Tag machten sich beide auf den Weg, um Möbel zu kaufen. Sie wollten seine Wohnung verschönern, auch beim Auswählen der Möbel waren sich beide erschreckend einig. Auch hier würden beide wohl nie Streit bekommen.

Abends bauten sie zusammen die Möbel auf und im Anschluss gingen sie duschen.

Er nahm die Duschbrause und duschte sie von oben bis unten ab. Danach seifte er sie ein und umkreiste dabei mit beiden Händen ihre Brüste. Ihre Brustwarzen richteten sich vor Erregung auf. Er ließ seine Hände langsam hinunter zu ihrem Po gleiten. Sein Gesicht beugte sich zu ihr, er sah ihr tief in die Augen und küsste sie innig. Ihre Zungen spielten miteinander. Er nahm den Duschkopf wieder und spülte ihr die Seife vom Körper. Als er die Brause zwischen ihre Beine hielt, da bemerkte er, dass es sie doch sehr erregte. Sie biss sich auf ihre Unterlippe, als er sie anschaute. Natürlich hatte sie sich schon öfter mit der Dusche selbst befriedigt, aber da war sie immer allein gewesen. Röte stieg ihr ins Gesicht. Das hatte er sofort bemerkt und fragte: „Darf ich weitermachen?" „Ja", antwortete sie. Er hielt den Duschkopf gegen ihr Lustdreieck, sodass der Wasserstrahl gegen ihren Kitzler spritzte. Sie zuckte vor Erregung und ihr ganzer Körper vibrierte. So heftig wie dieses Mal hatte sie es noch nie gespürt. Als sie kam, war es so stark, dass ihre Beine weich wurden und sie auf den Boden sackte. Als sie sich kurz erholt hatte, hob er sie etwas an und drückte sie gegen die Wand. Dann drang er tief in sie ein, sie stöhnte laut auf, denn ihr Kitzler war von dem Orgasmus noch total geschwollen und empfindlich. Er hatte so etwas mit keiner Frau zuvor so erlebt.

Sie fühlten sich beide so verbunden, denn auch dieses Wochenende verlief wieder so schön wie die vielen Wochenenden zuvor.

Am nächsten Tag fuhr sie nach Hause.

Beide waren so glücklich, dass sie sich gefunden hatten.

Sie verabschiedete sich mit den Worten: „Das wird wirklich hart. Ich liebe dich so sehr und möchte am liebsten immer bei dir sein, mein Engel. Ich vermisse dich schon, obwohl ich noch gar nicht losgefahren bin."

Natürlich waren die Tage hart für beide, waren sie doch beide genau das, was sich der jeweils andere gewünscht hatte.

Das machte das Ganze umso schwerer.

## Eine erotische Liebesgeschichte

Auch wenn es schwerfiel, wussten beide, dass sie die Zeit bis zum nächsten Treffen herumbekommen würden.

Beide verspürten so große Sehnsucht und Lust nach einander, dass sie sich erotische Bilder und Videos schickten, nur um dem anderen irgendwie nahe zu sein.

Bei einem Telefongespräch: „Schatz, ich liege nackt auf meinem Bett und stelle mir vor, wie du neben mir liegst. Du streichelst meine Oberschenkel, deine Hand wandert über meinen Bauch bis hoch zu meinen Brüsten. Du umspielst meine Brustwarzen mit deinen Fingern und zwirbelst sie so lange, bis sie richtig hart sind, dann küsst du sie und spielst mit deiner Zunge daran. Deine Hand wandert über meinen Bauch zu meiner Muschi, dann massierst du sie. Ich stöhne dabei, mein Atem wird schneller, mein ganzer Körper zittert vor Erregung und dann dringen deine Finger tief in mich ein."

Als sie sich anschließend für ihr nächstes Treffen verabredeten, freute sie sich sehr.

Schnell wollte sie an diesem Tag bei ihm sein, sie war gerade losgefahren und da stand sie auch schon mitten auf der Autobahn im Stau.

# Eine erotische Liebesgeschichte

Die Zeit wurde unerträglich für beide, es dauerte eine Ewigkeit, denn es wollte einfach nicht vorwärtsgehen.

Sie telefonierten, aber es schien aussichtslos zu sein, die Autobahn war erst mal gesperrt und nach über zwei Stunden Stau war sie keinen Meter mehr vorangekommen. Es war mittlerweile bereits 22:00 Uhr und kein Ende in Sicht. Er schlug ihr vor, über den Randstreifen zu fahren und die Ausfahrt zurück nach Hause zu nehmen und morgen früh loszufahren. Sie sagte, dass es wohl das Beste sei, und gegen 23:00 Uhr bekam er eine Whatsapp mit den Worten: „Gute Nacht, Schatz. Ich liebe dich. Bis morgen." Er ging zu Bett, doch irgendwann mitten in der Nacht drehte sein Hund plötzlich durch. Es überkam ihn ein leichter Schauer. War dort jemand? Vielleicht sogar ein Einbrecher? Plötzlich hörte er die Tür knacken, und dann, dann stand sie mitten im Schlafzimmer. Er war erschrocken und freudig zugleich, denn sie hatte doch gewartet, bis sich der Stau gelegt hatte, und war dann weitergefahren, bis sie endlich nachts bei ihm angekommen war. Sie machte sich dann langsam bettfertig und legte sich zu ihm.

Nachts fing sie im Traum an zu weinen, weshalb er wach wurde, sie sanft weckte und sich zur Beruhigung an sie kuschelte.

## Eine erotische Liebesgeschichte

Sie beruhigte sich schnell, als sie ihn an ihrer Seite und an ihrem Körper spürte, und nur durch seine Nähe merkte sie, wie ihr Unterleib sich zusammenzog und wie sie vor Erregung ganz feucht wurde. Das machte ihn so an, dass er nicht anders konnte als sich über sie zu legen und sie zu nehmen. Voller Leidenschaft küsste er sie und bewegte sich in ihr. Er kreiste seine Hüften und es machte beide so scharf, dass sie gleichzeitig mit lautem Stöhnen ihren Höhepunkt erreichten.

Es war so besonders, dass er am nächsten Morgen auf der Arbeit ständig daran denken musste. Sie war zu Hause, aber dachte auch ständig an ihn und diese heiße Nacht.

Am nächsten Tag wurden beide durch warme, helle Sonnenstrahlen geweckt.
Er küsste sie zärtlich an diesem Sommertag und sie hatten sich vorgenommen, an einen abgelegenen See zu fahren.
Sie packten die Sachen und auch Sammy durfte mit.
Nach einer Stunde Autofahrt waren sie endlich da.
Der See lag abseits der Stadt, er war umgeben von Wäldern, und die herrliche Natur wurde begleitet von Vogelgesang.

# Eine erotische Liebesgeschichte

Sammy lief sofort ins Wasser und verscheuchte die dort schwimmenden Enten.

Stefan breitete eine Decke aus und beide machten es sich darauf bequem.

Sie genossen die Sonnenstrahlen auf ihrer Haut und die Nähe und Zeit miteinander.

Während Anja durch Stefans Gesicht und seine Haare streichelte, schlief er ein.

Sie bewunderte die Konturen seines Gesichts und seine sinnlichen Lippen.

Wenn sie nur daran dachte, wie er sie mit diesen Lippen küsste, wurde ihr schwindelig und heiß zugleich.

Wie konnte ein Mann ihren Körper nur so zum Beben bringen und sie so erregen?

Sie hatte keine Antwort darauf, sie wusste nur, dass sie ihn liebte wie keinen Mann zuvor.

Er machte die Augen auf, als hätte er ihr Verlangen gespürt, er lächelte sie an und zog sie an sich.

Voller Leidenschaft küsste er sie.

Er war verrückt nach ihr und ihrem Körper, er liebte einfach alles an ihr.

## Eine erotische Liebesgeschichte

Beide blickten sich tief in die Augen und es war so, als würden beide Körper förmlich zueinander hingezogen.

Das Feuer in seinen Augen signalisierte ihr, dass er sie wollte.

Leider waren sie nicht mehr allein am See, und da es schon später Nachmittag war, sagte er zu ihr: „Komm, lass uns nach Hause fahren." Sie nickte ihm zu und fing an die Sachen zu packen, dann nahmen sie Sammy und fuhren nach Hause.

Kaum hatte er die Haustür geöffnet, da drückte er sie gegen die Wand.

Er hatte nur darauf gewartet, mit ihr allein zu sein.

Sie küssten sich leidenschaftlich und ihre Zungen spielten miteinander.

Stefan hob sie hoch, schloss die Tür und trug sie ins Schlafzimmer.

Sie schaute ihn lächelnd an, während er sie aufs Bett legte.

Er sagte zu ihr: „Heute habe ich etwas Besonderes mit dir vor."

„Was hat er nur vor?", dachte sie bei sich.

Er öffnete eine Schublade des Nachttischschranks und nahm ein Paket heraus.

Sie schaute erstaunt, als sie es genauer betrachtete, denn es war ein Vibrator und noch dazu ein exklusives Teil.

# Eine erotische Liebesgeschichte

„Ich würde ihn gerne mal bei dir ausprobieren", sagte er und schaute sie dabei fragend an.

Sie hatte damit noch überhaupt keine Erfahrung und schon gar nicht mit einem Mann, der sie damit befriedigen wollte.

Trotzdem gewann die Neugier und sie vertraute Stefan aus vollem Herzen. „Okay, probieren wir es aus", sagte sie.

Diese Antwort zauberte ihm sofort ein Lächeln ins Gesicht.

Er freute sich wie ein Kind, das ein neues Spielzeug ausprobieren darf.

Er zog erst sich aus und riss ihr anschließend langsam die Kleider vom Leib.

Er küsste sie zärtlich, streichelte ihre Brüste und knabberte an ihren steif gewordenen Brustwarzen.

Es erregte sie so sehr, dass sie ihm ihren Körper entgegenstreckte.

Seine Hand streichelte vorsichtig ihre Schamlippen, dann drang er mit seinem Finger in ihre feuchte Muschi ein.

Er stellte den Vibrator auf „sanft" ein, nahm ihn und positionierte ihn direkt auf ihrer Lustperle.

Sie stöhnte auf, als die Vibration durch ihren Körper floss und ihn vor Lust zum Zittern brachte.

Er genoss es, wie sich ihr Körper vor Geilheit wand.

## Eine erotische Liebesgeschichte

Mit der einen Hand knetete er ihre Brüste, während er mit der anderen Hand den Vibrator hielt und ihn stärker vibrieren ließ.

Sie schrie laut auf, als ein explosionsartiger Orgasmus über sie kam.

Ihr ganzer Körper zitterte noch eine gute Zeitlang nach.

Sie war so erregt, wie sie es vorher noch nicht gekannt hatte.

Sie revanchierte sich bei ihm, indem sie sein Glied küsste, bevor sie es tief in ihren Mund schob.

Sein Atem wurde schneller und sein Körper vibrierte vor Erregung.

Das wollte sie, dass er so erregt war, bevor sie kurz eine Pause machte.

Er öffnete die Augen und schaute sie verwirrt an: „Mach weiter", hörte sie aus seinem Mund.

Dann verwöhnte sie ihn weiter, bis er laut stöhnte und in ihrem Mund kam.

# Kapitel 8
# Der zweite Besuch

# Kapitel 8

## Der zweite Besuch

An diesem Wochenende waren sie zu einer Hochzeit eingeladen, weshalb er Urlaub nahm und zu ihr fuhr.

Als er endlich bei ihr angekommen war, freuten sich beide sehr.

Zuerst gingen sie zusammen einkaufen, denn er war schon gegen Mittag angereist und es gab noch einiges zu besorgen.

Er wollte sich noch einen neuen Anzug und ein Hemd kaufen, so fuhren sie in die nächstgrößere Stadt.

Als sie dann in ein Geschäft gingen, um einen Anzug zu kaufen, und er ihn anprobieren wollte, da ging sie mit in die Umkleidekabine. Er schaute sie erst fragend an, aber dann wusste er, was sie wollte.

Sie küssten sich leidenschaftlich und sie war in dem Moment froh, doch den Rock angezogen zu haben.

Er griff nach ihrem Po, schob den Rock hoch und zog ihren String aus, danach drückte er seinen Körper gegen ihren, hob sie leicht hoch und drang tief in sie ein.

Ihr Stöhnen unterdrückte er mit wilden Küssen, bis sie kam.

# Eine erotische Liebesgeschichte

Nachdem er kurze Zeit später seinen Höhepunkt erreicht hatte, verließen sie zufrieden und unauffällig die Umkleidekabine.

Es bestätigte sich mal wieder, dass sie füreinander bestimmt waren, denn schon die Blicke zwischen den beiden genügten, um zu wissen, was der andere wollte.

Sie dachte für sich: „Ach, wie gut, dass mein Typ alles tragen kann. Er sieht so sexy in allen Kleidern aus." Sie war wirklich überrascht, wie ihm jede Farbe stand.

Es machte sie richtig an, denn so ein heißer Typ im Anzug war ja auch nicht schlecht.

Nachdem sie alles eingekauft hatten, trafen sie sich am Abend mit Freunden und ließen den Tag gemütlich bei einer Flasche Wein auf einer Terrasse ausklingen.

Auch bei ihren Freunden fasste er schnell Fuß und war ein gern gesehener Gast, denn er kam mit allen locker und leicht ins Gespräch.

Das beeindruckte sie umso mehr.

Vor allem war sie so glücklich, als ihre Freundin ihr eine SMS schrieb: „Wow, was für ein toller und interessanter Typ."

Am Abend gingen beide schmusend zu Bett.

Der nächste Tag versprach aufregend zu werden, denn sie fiel gleich wie ein wildes Tier über ihn her.

## Eine erotische Liebesgeschichte

Beinahe wären sie deshalb zu spät zur Hochzeit gekommen, sie fanden aber glücklicherweise einen Parkplatz direkt an der Kirche und kamen somit doch noch pünktlich.

Als später die Musik anfing, forderte er sie zum Tanzen auf. Sie hatte zwar früher mal Tanzunterricht gehabt, jedoch war das schon lange her.

Er drückte sie an sich und führte sie wirbelnd übers Parkett.

Was keiner wusste, war, dass er jahrelang professionell getanzt und an Meisterschaften teilgenommen hatte.

Aus Zeitgründen hatte er es leider aufgeben müssen, aber die Leidenschaft fürs Tanzen war immer geblieben.

Die Damen staunten nicht schlecht, als er seine neue Freundin über die Tanzfläche wirbelte, was natürlich auch Eindruck machte.

Sie machten viele Bilder und sie hatten wirklich eine Menge Spaß, es wurde gefeiert bis tief in die Nacht hinein.

Als sie nach Hause kamen, zog er sie fest an sich und küsste sie innig. Diesmal war es anders, als sie miteinander schliefen, da schauten sich beide tief in die Augen und es entstand ein Gefühl der totalen Verschmelzung miteinander. Beide hatten ein solches Gefühl noch nie erlebt und keiner von beiden hatte jemals zuvor einem Partner so tief in die Augen gesehen. Es war so, als würde die Zeit stehen bleiben und beide würden ineinander versinken, ein unvergesslicher, emotionaler und schöner Moment, an den sie sich wohl noch Jahre später erinnern würden.

Am nächsten Morgen wurden sie von hellen Sonnenstrahlen geweckt. Es sollte ein schöner Sommertag werden, und so entschlossen sie sich, einen Spaziergang in der Natur zu unternehmen.

Es herrschte ein Prickeln in der Luft, und beide konnten ihre Finger nicht voneinander lassen. Als beide dann so erregt waren, dass sie es kaum noch aushielten, verschwanden sie hinter einem Gebüsch.

Er zog ihr Höschen unter ihrem Minirock herunter und zog dann sich selbst aus. Er hob sie etwas an, sie umschloss seine Hüfte mit ihren Beinen und er drang tief in ihre vor Erregung pulsierende Muschi ein.

Beide stöhnten auf. Seine Stöße worden fester und härter, bis sie ihren Orgasmus erreichten.

Danach verbrachten sie einen entspannten Tag in der Natur, und als sie abends nach Hause kamen, kuschelten sie sich zusammen und sprachen über den schönen Tag, bis sie einschliefen.

## Eine erotische Liebesgeschichte

Das Wochenende ging leider viel zu schnell vorbei.

Sie verabschiedeten sich und er fuhr wieder nach Hause.

Beide sehnten sich sehr nach dem anderen, aber die Trennungen zwischendurch brachten dieses Knistern und das steigende Verlangen nach dem anderen.

# Kapitel 9
# Die Eltern

# Kapitel 9
# Die Eltern

Am nächsten Wochenende war es nun so weit, sie lernte seine Eltern kennen, und auch wenn sie anfangs ein mulmiges Gefühl hatte, so freute sie sich doch auf die Einladung zum Essen in seinem Elternhaus.

Seine Familie nahm Anja herzlich in Empfang.

Stefans jüngere Schwester wollte alles über Anja wissen, denn sie hatte in den letzten Wochen bemerkt, dass es ihrem Bruder ziemlich gut ging, und dass Anja wohl der Grund dafür war.

Sie unterhielten sich angeregt, bis das Essen fertig war.

Auch diesmal stellte sich ihr die Frage: „Wie kann so was sein?" Wie konnten die Eltern dieses Mannes sie so mögen?

Aber auch, wie konnte sie sie direkt so mögen?

Leute, die sie vorher noch nie gesehen hatte und mit denen sie nie gesprochen hatte.

# Eine erotische Liebesgeschichte

Stefans Mutter tischte ein selbstgemachtes Drei-Gänge-Menü auf. Dazu gab es Sekt, guten Wein und alles, was das Herz sonst noch so begehrte.

Sie verstanden sich blendend und es wurde ein wirklich schöner Abend, der in ihren Gedanken blieb und sie nicht losließ.

Als die zwei nach Hause kamen, lagen sie gemütlich und kuschelnd auf der Couch, sie sahen sich einen Film an und beide ließen den schönen Abend Revue passieren. Sie sagte ihm, dass sie seine Eltern so toll fand, er hielt sie dabei fest im Arm. Auch er hatte gemerkt, dass eine große Sympathie zwischen ihnen herrschte.

Schmusend auf der Couch drückte sie ihren zuckenden Unterleib plötzlich an seinen und sagte ihm: „Ich versteh das nicht, ich weiß einfach nicht, warum du mich so scharf machst."

Schon wieder so ein komischer Umstand, denn auch so was hatte sie vorher nicht erlebt, egal wann und egal wo, immer wenn sie ihn in ihrer Nähe hatte, begehrte sie ihn und war sexuell geradezu wie verzaubert.

Sie wollte ihn so gerne wieder in sich spüren, dieses Gefühl, ihn in sich zu haben, hätte sie über Wochen am Stück mit Freude erleben können.

## Eine erotische Liebesgeschichte

Auch er sagte zu ihr: „Wie gut, dass wir auch arbeiten müssen, sonst würden wir rund um die Uhr miteinander schlafen und würden vermutlich auch noch vergessen zu essen und was es sonst noch so im Leben gibt." Beide lachten daraufhin aus vollem Herzen, aber sie wussten beide auch, dass daran ein Funken Wahrheit war.

Denn auch ihm ging es nicht anders. Er begehrte sie, ihr Körper machte ihn an und wenn sie sich küssten, dann war es, als wäre alles um sie herum vollkommen egal, nur sie zählten.

Dann rieb er sein Glied an ihren Schamlippen und ihrer Liebesperle, solange, bis sie am Höhepunkt war.

Sie küsste seinen Körper, bei den Brustwarzen fing sie an, über den Bauch in Richtung seines Glieds. Sie liebkoste seinen harten Penis und massierte dabei gleichzeitig seine Hoden, wobei ihre Zunge immer wieder seine Eichel umkreiste. Dann umschloss sie mit ihren Lippen sein ganzes Glied bis tief in ihren Mund. Sein Penis pochte vor Erregung, als er in ihr kam. Beide waren bemüht, dem jeweils anderen immer einen unvergesslichen Sex zu bieten, und das taten sie auch.

Er sagte ihr mal, dass es für ihn dazu gehörte, immer auf den Partner mit Respekt im Bett einzugehen, denn Treue müsste Spaß machen, dann fehlte dem anderen nie etwas und solange beide ihr

# Eine erotische Liebesgeschichte

Bestes gäben, würde es immer eine schöne, glückliche und harmonische Beziehung bleiben. Natürlich würde es immer mal Streit und Meinungsverschiedenheiten geben, aber je erwachsener beide damit umgingen, umso schneller sei das vorbei und der schöne Teil einer Beziehung könne wieder einkehren.

Sie stimmte ihm da ohne Widerworte zu und gab genau wie er ihr Bestes, und so gab es auch nie irgendwelche Kleinigkeiten, die sich hochgeschaukelt hätten, sondern nur Meinungsverschiedenheiten, die wirklich nur eines Gespräches bedurften.

Als sie Sonntag zu Hause war, packte sie einerseits Schwermut, aber auf der anderen Seite auch Erleichterung, da alles so gut und reibungslos verlaufen war.

Sie war so froh, dass sie die Hürde mit seiner Familie so gut gemeistert hatte.

Am darauffolgenden Wochenende besuchte auch er ihre Eltern.

Auch er hatte zunächst ein mulmiges Gefühl, aber sie sagte ihm, dass ihre Eltern ihn wohl auch mögen würden. Genauso war es auch, sie waren ebenfalls bei ihren Eltern zum Essen eingeladen und auch hier ging eine fast schon magische Sympathie durch den Raum. Gleich zu Beginn begrüßte ihre Mutter ihn mit einer Umarmung, denn sie war so froh, dass ihre Tochter seit Langem endlich wieder glücklich war. Denn das war schon sehr lange nicht mehr der Fall gewesen.

Das Essen verlief harmonisch, gemütlich und schön. Die Mutter hatte er ja bereits für sich gewonnen, aber auch beim Vater gab es keine Probleme.

So war auch diese anfangs angenommene Hürde gar keine, denn beide waren so glücklich, sie hatten beide ein gutes Verhältnis zu den jeweils anderen Familien, und ihre Liebe und ihr Verlangen zueinander wuchsen von Tag zu Tag immer mehr.

Es war sehr schön, denn auf der einen Seite waren sie nach einigen Monaten wie ein Paar, das schon ewig zusammen war, aber auf der anderen Seite konnte man meinen, dass sie erst frisch verliebt seien. Diese Mischung und den Wunsch, es so lange, wie es ging, aufrechtzuerhalten, machten ihre Beziehung schlichtweg einzigartig.

Am selben Wochenende durfte er auch den Rest der Familie kennen lernen, denn schon am darauffolgenden Tag waren sie zu ihrer Cousine zum Kaffeetrinken eingeladen.

Ihre Tante, ihr Onkel und ihre andere Cousine sowie Cousins kamen. Auch hier verlief alles wieder so harmonisch.

# Eine erotische Liebesgeschichte

Mit dem Mann ihrer Cousine verstand er sich blendend, und als am Abend die anderen gegangen waren, blieben sie immer noch länger und hatten viele nette Gespräche.

Mit dem Mann ihrer Cousine verstand er sich von Anfang an, sie waren sich sehr ähnlich und man hätte meinen können, dass sie schon lange befreundet seien.

Am späten Abend, als sie wegfuhren, hatten beide noch Hunger und gingen in ein kleines Restaurant, es lag ganz versteckt oben in einer ruhigen Straße über der Stadt mit einem großen Balkon, so ass man einen romantischen Ausblick über die Lichter der ganzen Stadt hatte.

Das fanden beide sehr schön. Sie bekamen einen netten Platz zugewiesen und aßen eine gute italienische Pizza.

Beide hatten ganz zufällig diesen geheimen Platz gefunden.

Das Restaurant wurde in erster Linie von Geschäftsleuten und Prominenten besucht. An den Wänden hingen überall Fotos von Berühmtheiten, die das Restaurant schon besucht hatten.

Sie schauten sich die Menschen im Restaurant an, als er sah, wie einem Mann seine Geldbörse aus der Tasche fiel. Er hob sie auf, ging dem Mann nach und gab sie ihm.

## Eine erotische Liebesgeschichte

Der Mann bedankte sich sehr, denn er hatte alle seine wichtigen Papiere in seiner Börse.

Sie kamen daraufhin ins Gespräch und er erzählte, dass er ein Schloss besaß, das zum Hotel umgebaut wurde, und er sich sehr freuen würde, sie als Dankeschön dorthin einzuladen.

Sie rückten zusammen und unterhielten sich so lange mit ihm, bis das Restaurant zumachte.

# Kapitel 10
## Tierpark und Adlerwarte

# Kapitel 10
## Tierpark und Adlerwarte

Der nächste Tag sollte ebenfalls sehr interessant werden, denn sie hatten einen Ausflug geplant. Als sie aufwachten, schauten sie sich einander erst einmal an und bekundeten sich gegenseitig ihre Liebe. Sie küssten sich und beide waren sich sicher, dass es bei so einem Morgenritual nur ein guter Tag werden konnte. Sie frühstückten gemütlich zusammen und im Anschluss machten sie sich fertig für ihren schönen Tagesausflug. Es versprach sehr spannend zu werden, da sie heute zum einen in einen Tierpark fuhren, und zum anderen wollten sie zu einer Adlerwarte. Schön, dass es solche geschützten Gebiete für Tiere noch gab. Sie freuten sich beide sehr darauf. Als sie so im Wildpark spazieren gingen, konnten sie sogar Wölfe bei der Fütterung erleben, sicherlich ein spannendes Ereignis. Aber auch die Vögel, Rehe und Wildkatzen in diesem Park rundeten dieses Tiergeschehen ab. Als sie so durch den Park gingen, nahm er ihre Hand und sie fühlte sich so geborgen bei ihm. Er drehte sie zu sich, zog sie fest an sich, küsste sie und sagte ihr noch einmal, wie sehr er sie liebte. Das gefiel ihr sehr, hatte sie es doch in den letzten Jahren vermisst, dass ihr jemand so sehr seine Liebe zeigte.

## Eine erotische Liebesgeschichte

Nachdem sie den Wildpark verlassen hatten, fuhren sie zur Adlerwarte.

Es war sehr beeindruckend, so etwas mal zu sehen. Wann hatte man schon mal die Möglichkeit, Adler und Eulen zu beobachten, die sich wie in der freien Natur fortbewegten? Eine Adler-Show machte den Tag perfekt, denn die Adler landeten sogar auf ihren Köpfen.

## Eine erotische Liebesgeschichte

Als er am nächsten Tag nach Hause fahren wollte, fiel es beiden sichtlich schwer, sich voneinander zu trennen. Sie wussten, sie würden sich diesmal länger nicht sehen.

Denn er musste die ganze Woche sehr viel arbeiten und sie hatte am Wochenende eine Fortbildung. Zudem hatte auch sie viel Arbeit und musste in ihrer Heimat einiges erledigen, sodass wirklich keine Zeit war, um einander zu sehen. Einige Stunden Autofahrt waren auch einfach viel zu weit, um eben mal vorbeizufahren.

Aber sie hatten ihr Handy und hielten damit Kontakt und wussten, bald würden sie sich wiedersehen.

Sie schrieben und telefonierten jeden Tag mit einem Haufen an Liebesbekundungen und erotischen Mails.

Sie schrieb ihm eines Nachts:

„Das Verlangen nach dir ist einfach so groß, wenn ich an dich denke, pulsiert es in meinem Schritt. Ich bin feucht, geil und möchte nur noch mit dir schlafen."

Natürlich ging es ihm nicht anders und beide mussten es sich diesmal zu Hause selbst besorgen, denn sonst wären sie vor Verlangen wahnsinnig geworden.

# Eine erotische Liebesgeschichte

Sie sagten sich auch, dass sie endlich wieder miteinander schlafen wollten, es war so schön, gemeinsam die sexuellen Erfahrungen zu teilen.

Doch schließlich hielten beide es aus.

Die Tage vergingen relativ zügig und bald würden sie zum Schloss fahren und all die einsamen Stunden, die sie jetzt erleben mussten, aufholen.

Es hatte auch seine guten Seiten, denn er hatte nun endlich einmal Zeit, um mit seinen Freunden etwas trinken zu gehen und etwas Party zu machen, und sie konnte sich voll und ganz ihren Dingen und Freunden widmen, die die letzte Zeit zu kurz gekommen waren.

So waren alle zufrieden.

Außerdem konnten beide auch mal feststellen, wie sehr sie einander vermissten, wenn sie getrennt waren. Das war schon sehr viel. Aber nun wussten sie auch ganz genau, wie viel sie einander bedeuteten.

# Eine erotische Liebesgeschichte

# Kapitel 11
# Das Schloss

# Kapitel 11
## Das Schloss

Eine Woche später war es endlich so weit, sie fuhren in das Schloss, in das sie eingeladen worden waren.

Beide hatten sich die ganze Woche schon darauf gefreut. Sie packten also ihre Koffer, und als sie so im Schlafzimmer standen, stellte er sich hinter sie und hauchte ihr zart in den Nacken, das prickelte über ihren ganzen Körper und sie zuckte zusammen. Er küsste sie zärtlich, und dann mussten sie sich beeilen, denn sie hatten zugesagt, pünktlich um 17 Uhr da zu sein, es war schon kurz vor vier und es waren noch 45 Minuten Fahrt bis dahin.

Sie packte nur noch schnell die restlichen Sachen und dann fuhren sie los.

Als sie auf dem Schloss angekommen waren, bekamen sie erst mal ein Glas Sekt und der Inhaber begrüßte beide, als seien es gute alte Freunde.

Der Schlossdiener kam und brachte ihr Gepäck auf das luxuriöseste Zimmer, das es im ganzen Haus gab. Es befand sich oben im Schlossturm und hatte einen ganz romantischen Ausblick über die gesamte Landschaft voller Weinberge und Wälder.

# Eine erotische Liebesgeschichte

Sie packten erst mal in Ruhe aus, denn am Abend gingen beide zum Abendessen. Jeder Besucher hatte einen eigenen Bediensteten, der ihm ständig Wein nachschenkte.

Während die beiden sich so gegenüber saßen, zog sie ihre Schuhe aus und ging mit ihrem Fuß seinen Oberschenkel hinauf, und dann Richtung seines Schrittes. Er schaute sie überrascht an.

Es machte ihr Spaß, ihn so zu verführen, aber Geduld war angesagt, denn es gab ja noch das Fünf-Gänge-Menü und auch noch Unterhaltung.

In der späten Nacht bat er ihren Bediensteten, er solle bitte das Kaminzimmer im Schlossturm vorheizen.

Als sie in ihr Luxuskaminzimmer gingen, ließen beide erst mal bei einem guten Wein und einem Gespräch den Abend ausklingen. Auf dem Fußboden lag ein Bärenfell, genau vor dem Kamin. Was für ein Klischee. Beide schauten sich in die Augen und hatten anscheinend den gleichen Gedanken und die gleiche Idee. Denn kaum angesehen, küssten sie sich und er legte sie auf das Bärenfell. Langsam, ganz langsam zog er sie aus. Er küsste sie über ihren ganzen Körper vom Schienbein an aufwärts über ihren Bauch bis zu ihrem Mund und dann umgekehrt.

## Eine erotische Liebesgeschichte

Sie bebte vor Erregung, dann ließ er seine Zunge langsam um ihre feuchte Muschi kreisen und sie hielt es kaum noch aus, nicht mit ihm zu schlafen. Er verwöhnte sie erst mal mit der Zunge ausgiebig, bis ihr ganzer Körper zitterte, dann nahm er sie heftig von hinten.

Er drückte ihren Po gegen seine Hüfte. Seine Bewegungen wurden fester und schneller, während er mit beiden Händen ihre Hüften festhielt und sie in seinem Rhythmus bewegte.

Sie stöhnte laut auf bei einem festen Stoß, bis sie kam.

Er machte weiter, bis auch er seinen Höhepunkt erreichte.

Am nächsten Morgen wachten beide auf dem Fell auf und schauten sich tief in die Augen, beide hatten ein tiefes Gefühl der Dankbarkeit, dass sie sich gefunden hatten und dass alles so gut zwischen ihnen lief. Sie freuten sich auf einen weiteren wunderschönen Tag gemeinsam und waren sich sicher, dass sie wohl für einander bestimmt waren, denn sie hatten niemals zuvor in ihrem Leben so schöne Momente erleben dürfen.

Warum sonst sollte alles so toll sein, und auch wenn beide immer dachten, besser könne es nicht werden, so wurde es dann doch immer besser und besser. Die Momente, die sie emotional miteinander teilten, hatten eine große Tiefe mit vielen Gefühlen erreicht, sodass beide des Öfteren von Tränen gerührt waren, wenn sie Dinge miteinander erlebten.

Heute waren sie zum Frühstücken mit dem Inhaber im Schlossgarten eingeladen. Ein Garten, wie man sie sonst nur aus dem Fernsehen kannte.

Normalerweise war der Bereich für Gäste gesperrt, aber da unser Paar ja schon so gut mit ihm befreundet war, lud er sie natürlich ein und zeigte ihnen seinen ganzen Stolz.

Ein Garten mit schönen Hecken, tollen Wiesen und einem schönen Brunnen in der Mitte.

Es gab ein reichhaltiges Champagner-Frühstück. So konnte der Tag starten.

Nach dem Frühstück wollten sie den Park um das Schloss erkunden.

Das Anwesen war sehr groß und so beschlossen sie, alles für ein Picknick mitzunehmen.

Mitten in einem Waldstück war eine Lichtung, die Sonne schien an diesem Tag und das Gras war dort weich und angenehm warm.

Sie packten die Decke aus, die Früchte und den Sekt.

## Eine erotische Liebesgeschichte

Sie machten es sich erst einmal auf der Decke bequem und stießen auf den schönen Tag an.

Er beugte sich über sie und ließ sie von einer Erdbeere abbeißen.

Als er sah, wie schön ihre Augen in der Sonne leuchteten, da küsste er sie fordernd.

Allein durch seine Küsse wurde ihr schwindelig.

Stefans weiche Lippen und diese zärtliche Art ließen Anjas Herz schneller schlagen.

Er streichelte ihr Gesicht und seine Finger wanderten über ihren Hals zu ihren Brüsten und dann zu ihren Oberschenkeln.

Dann schob er seine Hände unter ihr Kleid und zog ihr den Slip aus.

Sie schaute ihm tief in die Augen und da war er wieder, dieser Blick des Verlangens.

Anja öffnete ihm langsam die Hose, und Stefan zögerte nicht lange, er packte sie an ihrem knackigen Po, zog sie zu sich, drehte sie und drang von hinten tief in ihre feuchte Muschi ein.

Sie stöhnte auf, dann wurden seine Bewegungen schneller und fester, bis die Körper der beiden vor Erregung zitterten und sie sich beide ihrem Orgasmus hingaben.

Stefan schmuste sich an Anja und streichelte ihr übers Gesicht.

## Eine erotische Liebesgeschichte

Beide genossen noch ein wenig die Zeit, bis sie anschließend die Sachen zusammenpackten und zum Schloss zurückkehrten.

Dort verbrachten sie noch einen entspannten Abend, bevor sie zu Bett gingen und am nächsten Morgen abreisten.

Die gemeinsame Zeit war leider schon wieder vorbei, denn beide mussten in verschiedene Richtungen in ihre Heimat zurück.

Sie wussten, diesmal waren es wieder nur ein paar Tage, die sie trennten.

Auf der Heimfahrt gingen ihm die ganze Zeit Bilder von diesem Wochenende durch den Kopf, und da alles so schön war, dachte er ernsthaft darüber nach, Kinder mit dieser Frau zu haben und sie zu heiraten. Würde ihnen doch so ein wirklich tolles Leben gemeinsam bevorstehen.

In ihrem Kopf gingen ganz ähnliche Gedanken herum. Auch sie dachte nun ernsthaft über Kinder mit diesem Mann nach.

Sie schrieb ihm abends noch eine Mail: „Verdammt, ich liebe dich so und denke ständig an dich, die wunderschönen Momente und den außergewöhnlichen Sex mit dir."

## Eine erotische Liebesgeschichte

Als er am nächsten Morgen vor der Arbeit auf sein Handy schaute, war da bereits eine Mail: „Guten Morgen, mein Schatz, ich danke dir für die schönen Tage. Ich liebe dich und wünsche dir eine angenehme Arbeitswoche."

Er freute sich so über diese Mail, dass ihm nichts mehr den Tag vermiesen konnte, auf der Arbeit gab es eine Menge Stress, doch das störte ihn nicht, denn er hatte ja diese Mail von seiner Geliebten, die ihn den ganzen Tag in einem Hoch hielt, denn er wusste, bald war es wieder so weit und sie würde wieder zu ihm kommen.

Am Abend schrieb er ihr: „Danke, mein Schatz deine tolle Mail von heute Morgen hat mich den ganzen Tag in einem Hoch der Gefühle gehalten und mir den Tag gerettet."

Sie war überrascht, als sie wieder zu ihm kam. Denn einige Minuten vorher hatte er bereits Badewasser eingelassen, der ganze Flur war bedeckt von frisch riechenden Rosenblättern und Kerzen, die eine angenehme Wärme abgaben.

Eine Flasche Champagner sowie zwei Gläser hatte er auch schon vorbereitet. Hatte sie doch damit überhaupt nicht gerechnet.

Sie setzten sich gemeinsam erst mal in die Badewanne und sie stießen auf die schöne gemeinsame Zeit und das Erlebte an. Wie schön waren die vergangenen Monate, Wochen und Tage gewesen.

# Eine erotische Liebesgeschichte

Beide erzählten sich, wie schön sie die gemeinsame Zeit empfunden hatten. Einfach wie im Märchen, und beide waren zu Tränen gerührt, wenn sie daran dachten.

Er küsste langsam ihren Hals und es lief ihr eiskalt den Rücken herunter.

Er umarmte sie von hinten und hielt sie eine ganze Weile einfach nur fest im Arm. Als beide fertig mit Baden waren und die Wanne verlassen hatten, fielen sie vor Müdigkeit ins Bett, aber sie schmusten und kuschelten sich vor dem Einschlafen eng zusammen.

Sie wollten einander so einfach nahe sein.


Waren sie doch schon so nah aneinander, dass kein Platz mehr zwischen ihnen war, so war es doch trotzdem zu wenig.

Beide wären gerne miteinander verschmolzen, und auf Seelenebene taten sie das auch irgendwie.

Ein Gefühl der Verbundenheit und Verschmelzung begleitete beide in die Nacht und in den Schlaf, sodass beide glücklich und zufrieden einschliefen.

# Kapitel 12
# Der Ausflug

# Kapitel 12
# Der Ausflug

Es sollte ein ganz normaler Tag mit einem schönen Ausflug werden. Sie wollten sich noch einige schöne Sehenswürdigkeiten in der Gegend anschauen.

Er wollte nur noch schnell zum Steuerberater, um einige Unterlagen abzugeben, als auf dem Weg dorthin plötzlich ein Transporter ihm die Vorfahrt nahm, er hörte nur noch einen Knall, bevor er bewusstlos wurde.

Der Transporter rammte ihn von der Straße, dabei drückte er ihn fest gegen eine Hauswand.

Als die Feuerwehr und der Krankenwagen ankamen, befreiten die Feuerwehrmänner ihn zügig und trugen ihn in den Krankenwagen, mit dem er schnellstens ins nächste Krankenhaus gebracht wurde.

Zur selben Zeit machte sie sich zu Hause fertig, als ein kalter Schauer ihren Körper durchzog.

Ein unangenehmes Gefühl, das sie nicht zuordnen konnte.

Plötzlich klingelte das Telefon.

Ein Polizist war dran und erklärte Anja, dass Stefan einen schlimmen Unfall gehabt hatte und ins Krankenhaus gebracht worden war.

Sie machte sich sofort auf den Weg dorthin.

## Eine erotische Liebesgeschichte

Sie hatte gleich ein ungutes Gefühl beim Losfahren, und als sie endlich im Krankenhaus ankam, war er immer noch bewusstlos. Ihr gingen tausend Gedanken durch den Kopf. Würde er wieder aufwachen? Wie würde er sein? Gab es eine Zukunft für beide? Zudem Zeitpunkt waren die Ärzte ratlos und keiner konnte ihr sagen, wie es weitergehen würde. Sie setzte sich zu ihm ans Bett und nahm seine Hand. Sie flehte ihn unter Tränen an aufzuwachen, doch nichts geschah. Aber sie wollte nicht aufgeben, sie blieb bei ihm und hielt ihm die Hand. Sie hatte auf ihrer Arbeit bereits um Urlaub gebeten, da sie ihn nicht alleinlassen wollte. Ihr Chef hatte natürlich Verständnis, und so konnte sie bei ihm bleiben. Nach Tagen und endlosen Nächten, die sie bei ihm verbracht hatte, erwachte er endlich wieder. Als er ihr mit seinen rehbraunen Augen tief in ihre Augen sah, dachte sie zunächst, alles sei in Ordnung, doch dann kam sie, die eine Frage, die alles verändern sollte: „Wer bist du?" Da wurde ihr klar, dass er wohl sein Gedächtnis verloren hatte. Es fühlte sich wie ein Schlag ins Gesicht an, dass ihr Liebster sie nicht erkannte. Sie rief die Ärzte, die ihr sagten: „Wir können nur abwarten, wie sich das Ganze entwickelt." Sie brauchte Ruhe, und er auch. Da sein Zustand stabil schien, schickten die Ärzte sie erst mal zum Ausruhen nach Hause. Die Tage und Wochen vergingen, aber er erinnerte sich nicht, und so kam und ging sie mit dem Ergebnis, dass er nicht wusste, wer sie war. Nach vier endlosen Wochen passierte es dann, als sie sein Zimmer betrat, schaute er ihr tief in die Augen und lächelte sie an.

# Eine erotische Liebesgeschichte

Da wusste sie, dass er sich wieder erinnern konnte.

Ein Stein fiel ihr vom Herzen. Er hatte noch mit einigen Brüchen und Prellungen zu kämpfen, aber das Schlimmste war überwunden.

Er musste noch einige Zeit im Krankenhaus verbringen, aber sie war so oft wie möglich bei ihm.

Die gemeinsame Zeit gab ihm Kraft und half ihm, sich schneller und besser zu erholen, als die meisten gedacht hätten.

Am Tag seiner Entlassung konnten es beide nicht erwarten, endlich zu Hause anzukommen.

Obwohl er noch Schmerzen verspürte, war ihm alles egal, so lange hatten beide auf diesen Moment gewartet, um sich endlich wieder nah sein zu können.

Kaum war die Haustür auf, da fielen beide übereinander her.

Mit stürmischen Küssen drückten sich ihre Körper aneinander.

Sie spürte, wie sie sofort feucht wurde und wie ihr Unterleib vor Erregung pulsierte.

Auch Stefans Penis zuckte vor Erregung.

Er zog sich aus und sie beobachtete jede Bewegung von ihm.

Sein Körper, seine Muskeln und jede seiner Bewegungen ließ ihren Puls höher schlagen und ihre Muschi vor Erregung krampfen.

Er zog sie langsam aus und saugte an ihren hart gewordenen Brustwarzen.

Dann hob Stefan sie hoch und drückte sie fest gegen die Wand, während er gleichzeitig mit seinem Penis in sie eindrang.

Beide stöhnten laut auf.

Er trug sie so in Richtung Bett, legte sie hin und dabei drang sein Penis noch tiefer in sie ein.

Er bewegte sich schneller, bis beide nahezu gleichzeitig explosionsartig kamen.

# Kapitel 13
## Der Urlaub in der Sonne

# Kapitel 13
## Der Urlaub in der Sonne

Endlich ein paar Tage Urlaub auf einer Insel. Nachdem die Koffer gepackt waren und sie zu Bett gingen, waren beide scharf aufeinander, aber da es schon so spät war und sie beide zeitig raus mussten, beschränkten sie sich auf ein kurzes, schnelles Abenteuer. Es war zwar kurz, aber trotzdem schön, und so schliefen beide entspannt ein.

Sie packten am Morgen ihre Koffer ins Auto und fuhren zum Flughafen.

Die Maschine flog pünktlich ab und so erreichten sie nach fünf Stunden ihr Ziel.

Beide freuten sich sehr, die gemeinsame Zeit im Urlaub zu verbringen, und nachdem sie ihr Gepäck geholt hatten, wurden sie mit einem Taxi zum Hotel gebracht.

Ein Fünf-Sterne-Luxushotel direkt am Strand, in dem sie mit einem Begrüßungsdrink empfangen wurden, bevor sie ein Hotelmitarbeiter aufs Zimmer brachte.

Sie genossen ihren Balkon mit Blick direkt aufs Meer.

Er nahm sie fest in den Arm und küsste sie leidenschaftlich.

## Eine erotische Liebesgeschichte

Dann klopfte es an der Tür und der Zimmerservice brachte den beiden ihr Abendessen.

Sie freuten sich, waren doch beide sehr hungrig von der langen Reise.

Sie setzten sich auf den Balkon und aßen gemütlich und mit traumhafter Aussicht ihr Abendessen.

Anschließend gingen sie händchenhaltend zum Strand.

Es war noch angenehm warm, das Meer rauschte und die Sonne war bereits langsam am Untergehen.

Mit den Füßen im Wasser gingen sie langsam den Strand entlang.

Stefan blickte ihr tief in die Augen und küsste sie liebevoll.

Dann sagte er zu ihr: „Ich bin so glücklich mit dir, die Zeit bleibt stehen, wenn ich mit dir zusammen bin, und ich vergesse einfach alles um mich herum."

Ihr ging es nicht anders, sie fühlte sich wohl und sicher in seiner Nähe und wollte nur ihn.

Am nächsten Morgen machten sich beide daran, ihren Plan von einem Super-Urlaub in die Tat umzusetzen und es sich so schön wie möglich zu machen.

Sie frühstückten gemütlich und gingen anschließend gemeinsam zum Strand.

## Eine erotische Liebesgeschichte

Sie schauten sich tief in die Augen und verstanden sich auf Anhieb, denn jeder von beiden wusste, dass der andere den Urlaub in vollen Zügen genoss.

Er blickte ihr tief in die Augen und schaute sie verliebt an, und sie sagte zu ihm: „Wenn du so schaust, dann weiß ich, warum ich mich in dich verliebt habe."

Das rührte ihn sehr und er verspürte ein Gefühl der Liebe und tiefen Verbundenheit in diesem einen kurzen Moment.

Er winkte sie herüber zu sich auf die Liege, dann küsste sie ihn leidenschaftlich.

Er nahm sie fest in den Arm und sie schlossen die Augen. Freudentränen liefen ihr übers Gesicht und in dieser einen Minute der vollkommenen Zweisamkeit war es so, als würden beide miteinander verschmelzen und die Welt um sie herum würde sich auflösen.

Sie waren ganz bei sich und der Stress der letzten Zeit fiel von beiden ab, als wäre nie etwas dagewesen.

Als sie vom Strand kamen, informierten sie sich über Ausflugsziele, und sie buchten ein paar interessante Reisen, um sich die Gegend und die Sehenswürdigkeiten und unberührte Strände genauer anzusehen.

# Eine erotische Liebesgeschichte

# Eine erotische Liebesgeschichte

Am Tag darauf starteten sie ihren ersten Ausflug.

Sie besuchten zunächst ein auf 800 Meter gelegenes Kloster, aber hielten sich dort nicht lange auf, da sie weiterwollten.

Sie wollten zu dem alten Palast und anschließend ans Meer.

Als sie den 3000 Jahre alten Palast erkundeten und auf die schöne Aussicht der Berge achteten, nahm er sie ganz fest in den Arm und küsste sie.

Ihr gefiel das sehr und sie konnte sich dabei vollkommen entspannen und noch mehr die schöne Aussicht genießen.

Anschließend verbrachten sie den Tag am Strand und ließen den Abend bei einem guten Glas Rotwein an der Strandpromenade mit Blick aufs Meer ausklingen, bevor sie wieder ins Hotel zum Schlafen gingen.

Sie machten sich morgens auf den Weg, um die unberührte Natur in ihrer schönsten Form zu erleben. Sie fuhren mit dem Boot hinaus, um an diesen Traumstrand auf einer unberührten Insel zu gelangen. So etwas musste man gesehen haben, ein Strand, der so wunderschön und leer war. Es gab klares Wasser, sodass man bis auf den Grund schauen konnte.

Sie schnorchelten beide und gaben sich unter Wasser Zeichen, wenn einer von beiden etwas Interessantes sah.

# Eine erotische Liebesgeschichte

Aus dem Wasser heraus, legten sich die zwei unter Bäume, die aus dem Sand ragten.

Es war schön, an einem unberührten Strand unter Bäumen zu liegen, sich zu sonnen oder einfach nur die Natur zu genießen.

Neben Eidechsen, Vögeln und Fischen entdeckten beide sogar eine Schildkröte in der Natur, was sie sehr beeindruckte.

Beide genossen den Tag sehr und traten am Abend leider die Heimreise ins Hotel an.

Aber es war ein gelungener Ausflug und ein schöner Tag gewesen.

Genauso hatten sich beide das vorgestellt, und der Urlaub war wirklich zu einem großartigen Urlaub geworden.

## Eine erotische Liebesgeschichte

Die letzten Tage verbachten beide die Zeit am Strand mit Schnorcheln, Sonnen und Schwimmen.

Es war schön, dass sie sich beide erholen konnten.

Sie hatten durchgehend wunderschönes Wetter und am vorletzten Tag entschlossen sie sich, noch einen Wasserpark voller Wasserrutschen zu besuchen. Das machte natürlich einen Riesenspaß, aber auch dieser letzte Urlaubstag verging leider wie im Flug.

Am Abend machten es sich beide in einem Restaurant mit Blick auf das Meer gemütlich.

Bei einem guten Glas Wein stießen beide auf einen tollen Urlaub und eine gute Zeit an.


Am nächsten Tag machten sie sich auf die Heimreise, und beide wussten, es war ein Urlaub, der sich auf jeden Fall gelohnt hatte.

# Eine erotische Liebesgeschichte

# Kapitel 14

# Weihnachten und der Urlaub am Strand

# Kapitel 14
## Weihnachten und der Urlaub am Strand

Es war so weit, das Jahr war vorbei und es stand Weihnachten vor der Tür.

Leider war es beiden nicht möglich, Weihnachten zusammen zu verbringen, da beide bei ihren Eltern zum Fest eingeladen waren. So verbrachten beide die Woche vor Weihnachten und Weihnachten selbst ohne den anderen, beiden fiel es sichtlich schwer und sie schrieben sich ständig Liebesschwüre sowie erotische Mails, was man mit dem anderen anstellen würde, wenn sie sich dann bald wiedersehen würden.

Von „unterm Weihnachtsbaum als Nikolaus verkleidet genommen zu werden" bis hin zu „eingepackt in einer roten Schleife mit roten Strapsen" war alles an Fantasie dabei.


Zwei Tage später war die Reise in den Urlaub angesagt, sie fuhren ans Meer, was ihr schon sehr gefiel, denn in ihrer alten Beziehung waren Reisen definitiv zu kurz gekommen.

Er war schon immer gern gereist, aber es war außergewöhnlich schön, diese Reise jetzt mit einer so tollen Frau zu verbringen, denn er wusste, dass es eine gute Zeit werden würde.

## Eine erotische Liebesgeschichte

Der Sommerurlaub war bereits ein tolles Erlebnis gewesen, aber der Urlaub zum Jahresende sollte auch wieder toll werden.

Als sie im Urlaubsort ankamen, brachten sie ihre Sachen ins Haus und gingen anschließend direkt zu einem romantischen Strandspaziergang. Dort fanden sie eine äußerst seltene Muschel, so etwas hatten beide vorher noch nie zuvor gesehen, eine natürlich kupferfarbene Muschel, die noch in einem Stück war. Natürlich packten sie diese ein.

Er hatte natürlich schon eine genaue Idee, was er mit dieser Muschel machen würde.

Als sie am Abend vom Spaziergang zurückkamen, zogen sie sich erst mal ins Schlafzimmer zurück. Eigentlich waren beide müde von der Reise und dem Spaziergang. Allerdings konnten sie die Finger nicht voneinander lassen, und so begannen sie langsam, sich auszuziehen. Als sie alle Kleider abgelegt hatten, erforschte sie langsam mit ihrer Zunge seinen Körper. Zuerst den Hals, dann knabberte sie zärtlich an seinem Ohrläppchen, und ein prickelndes Gefühl strömte durch seinen ganzen Körper.

Sie glitt weiter seinen Körper hinunter, ohne ihre Zunge von ihm zu lösen. Sie umkreiste seine Brustwarzen, dann den Bauchnabel. Sie spürte seine Erregung unter ihr und sie drückte sich fest gegen sein Glied. Danach umkreiste sie seine Eichel mit der Zunge, bevor sie seinen Penis in den Mund nahm.

Das erregte ihn so sehr und er konnte es nicht fassen, wie erregt er war. Er wollte diese Frau, und zwar immer und immer wieder.

Seine Ekstase war so groß, dass er sich komplett fallen ließ, bis zum Orgasmus.

Diese Frau war einzigartig und bei keiner vorher hatte er sich so fallenlassen können. Nie hatte ihn vorher eine Frau so verwöhnt, was sie noch interessanter machte.

Er konnte nicht anders, als es ihr genauso mit der Zunge zu machen, bis sie laut aufschrie und am ganzen Körper vor Erregung zitterte.

# Kapitel 15
# Der gefährliche Krebs

# Kapitel 15
## Der gefährliche Krebs

An diesem Tag entschlossen sich Stefan und Anja, einen Strandspaziergang zu unternehmen.

Obwohl es schon Winter war, war es noch warm draußen.

Anja sagte zu ihm: „Los, lass uns die Schuhe ausziehen und barfuß am Strand und im Meer spazieren." Stefan war skeptisch, ob das so eine gute Idee sei, schließlich war es schon Winter und das Wasser und der Boden könnten eisig sein.

Aber er ließ sich überreden und spazierte mit ihr barfuß. Die Flut war gerade vorbei und die Ebbe schien erneut zu beginnen, überall im Sand waren noch kleine Pfützen mit Wasserresten und so entschlossen sich beide erst einmal, sich an einer Pfütze anstatt im kalten Meer zu versuchen. Als beide in die erste Pfütze gestürmt waren, merkten sie, dass es wohl doch etwas kälter als gedacht war, aber nach einer Weile hatten sich beide daran gewöhnt und liefen der Wintersonne am Meer barfuß entgegen.

Die Sonne blendete ihn sogar und so musste er ständig mit gesenktem Kopf weitergehen, um überhaupt etwas sehen zu können.

# Eine erotische Liebesgeschichte

Nach einer halben Stunde circa entschlossen sich beide, den Rückweg anzutreten.

Sie liefen gemütlich durch den Sand und durch ein Meer von Muscheln, sie fanden sogar eine, die noch verschlossen war, sie nahmen sie mit, denn jeder weiß doch, dass in solchen Muscheln oft Perlen versteckt sind. Sie versuchten mit aller Gewalt die Muschel aufzubekommen, aber es wollte nicht gelingen, bis nach etwa 20 Minuten ein Mann auftauchte, der ihnen Hilfe anbot. Er öffnete die Muschel für sie mit einem Messer, und als sie endlich offen war, da waren beide leicht enttäuscht, denn es war leider keine Perle drin.

Na ja, so entschlossen sich beide weiterzugehen und trotzdem noch ein wenig von der Natur zu genießen.

Als er so nach oben schaute und weiterging, rief Anja plötzlich: „Halt, bleib sofort stehen!" Natürlich erschreckte er sich, und niemals hätte er gedacht, warum er stehen bleiben sollte.

„Da ist ein Krebs", sagte Anja. Und Stefan fragte sich, wo er denn sei.

„Wo denn?", und sie antwortete: „Direkt vor deinem Fuß im Schatten."

"Oh." Beinahe wäre er auf den Krebs im Sand getreten, was mit

Sicherheit geschmerzt hätte.

Beide blieben stehen und beobachteten diesen total von Sand bedeckten Krebs, der sich aber nur schwerfällig bewegte. Was war los mit ihm? War bereits jemand auf ihn getreten? War ihm zu kalt oder was war es?

Sie entschlossen sich, ihn näher zu betrachten, und er sagte: „Das ist kein Krebs." Sie versuchten das Tier sanft mit einer daneben liegenden Muschel zu drehen, und siehe da, es war wirklich kein Krebs. Es war ein Seestern, der anscheinend um sein Leben rang. Er hatte es versäumt, mit der Restflut wieder ins Meer zu flüchten. Was sollten die beiden bloß machen? Es war toll, einen Seestern selbst zu finden. Aber sollten sie ihn wirklich dort vertrocknen und sterben lassen, nur um eine Trophäe zu haben?

Da kam ihm die Idee.: „Lass uns den Stern in eine dieser Pfützen legen, um zu schauen, ob er noch lebensfähig ist. Wenn er es nicht ist, dann holen wir ihn mit nach Hause, falls er es noch ist, dann retten wir sein Leben und bringen ihn ins Meer."

Sie hielten ihn in diese kleine Pfütze, doch erst mal passierte nichts, und gerade als sie dachten, dass der Stern tot wäre, da begann er sich zu bewegen, als wäre nie etwas gewesen. So nahmen sie ihn und brachten ihn ins Meer zurück.

Schade, eigentlich hätten sie doch gerne einen solchen Stern gehabt, aber dafür hatten sie ein Leben gerettet.

Als sie dann kurz vor dem Ende des Strandes waren, da lag auch etwas im Sand, und als sie es genauer betrachteten, da sahen sie es, es war ein weiterer Seestern. Dieser war bereits vertrocknet, und so ging ihr Wunsch doch noch in Erfüllung, sodass sie diesen wenigstens mit nach Hause nehmen konnten.

# Kapitel 16
# Der Tag der Liebe

# Kapitel 16

## Der Tag der Liebe

Kurz vor dem Valentinstag nahm er die Muschel, die sie im Dezember gefunden hatten, er brachte sie zu einem Juwelier, um daraus eine wundervolle Kette zu machen.

Der Juwelier war begeistert, da er eine solche Muschel selber noch nie zuvor gesehen hatte. Er machte sich sogleich ans Werk.

Die Kette war natürlich ein wundervolles Einzelstück, so einzigartig, wie beide ihre Liebe zueinander empfanden.

Leider konnten sie diesen Valentinstag nicht miteinander feiern, da beide in ihrem Heimatort arbeiten mussten und wichtige Termine hatten. Das machte beide sehr traurig und so schrieb er ihr nachts um 0:00 Uhr pünktlich zum Valentinstag eine Nachricht per Handy:

„Hallo, mein Liebling. Vielleicht schläfst du schon, aber das ist egal. Nun ist schon Valentinstag und den hätte ich gerne mit dir gefeiert. Aber das holen wir nach.

Ich möchte dir an dieser Stelle noch einmal sagen, wie viel du mir bedeutest, meine große Liebe.

## Eine erotische Liebesgeschichte

In einer Zeit, wo ich nicht mehr an die große Liebe glauben konnte, da warst du plötzlich für mich da und hast mir gezeigt, dass es auch anders geht. Dafür danke ich dir von Herzen. Ich danke dir für die vielen schönen Stunden, die wir bereits hatten, und freue mich auf viele weitere, und ich hoffe, dass wir zusammen alt werden und unser Leben zusammen genießen. Du bist ein ganz besonderer und toller Mensch. Ich liebe dich von ganzem Herzen."

Natürlich rührte sie das sehr und sie antwortete ihm:

„Tränen laufen über mein Gesicht. Deine Worte berühren mich so. Du fehlst mir auch sehr und ich hätte gerne den Valentinstag mit dir im Bett verbracht. Du bringst mich zum Lachen und durch dich habe ich mein Selbstbewusstsein wiedererlangt. Du bist ein toller Mann und ich bin froh, an deiner Seite zu sein. Wünsche mir noch weitere schöne Momente mit dir und genieße es, bei dir zu sein. Hab schon vergessen, wie es ist, von jemandem so geliebt zu werden, und ich danke dir dafür, dass du es mir immer wieder zeigst und sagst.

Ich liebe dich."

Diese Worte berührten ihn wiederum so, dass er eine Antwort schrieb:

„Ich bin sehr gerührt von deinen Zeilen. Ich schenke dir meine ganze Liebe, weil du sie verdient hast und weil du es wert bist, und dafür, weil du einfach so bist, wie du bist.
Danke für deine lieben Zeilen. Ich liebe dich und freu mich auf dich."

Auch sie antwortete noch einmal:
„Ich liebe dich so sehr und hätte dich jetzt gerne bei mir, um mich an dich zu kuscheln, deinen Körper zu spüren, dich zu riechen, deine Wärme wahrzunehmen.
Es ist hart, heute nicht bei dir zu sein, aber bald bin ich da und halte dich ganz fest. Küsse dich leidenschaftlich, sehe dir dabei tief in die Augen und sag dir:
Ich liebe dich."

Danach versuchten beide zu schlafen.

## Eine erotische Liebesgeschichte

Es war schon spät, als Anja ein paar Tage später zu ihm kam. Er küsste sie sanft, als sie zur Tür hereinkam, und bat sie, ihn auf seinen Balkon zu begleiten. Es war eine klare Nacht und der ganze Himmel war von Sternen hell erleuchtet, auf dem Balkon standen in jeder Ecke Kerzen und es lag Romantik in der Luft.

Zunächst übergab er ihr die Muschelkette, worauf sie in Tränen ausbrach. Hatte sie doch noch nie zuvor ein solches Geschenk bekommen. Sie wollte ihn gerade küssen, als Stefan „Stopp " sagte. Anja war verwirrt. Stefan nahm ihre Hand, ging auf die Knie und sagte zu ihr: „Schatz, wir sind jetzt schon eine gute Zeit zusammen, es war und ist eine magische Zeit. Ich bin zu dem Entschluss gekommen, dass ich gerne mein ganzes Leben und weiterhin eine so großartige Zeit mit dir verbringen möchte." Dann nahm er ein kleines Schmuckkästchen aus seiner Hosentasche und öffnete es und fragte: „Anja, willst du mich heiraten?"

Anja war so überwältigt von der ganzen Situation, dass sie unter Tränen gerade so „Ja " sagen konnte.

Stefan nahm sie fest in den Arm und beide waren einfach nur glücklich.

# Eine erotische Liebesgeschichte

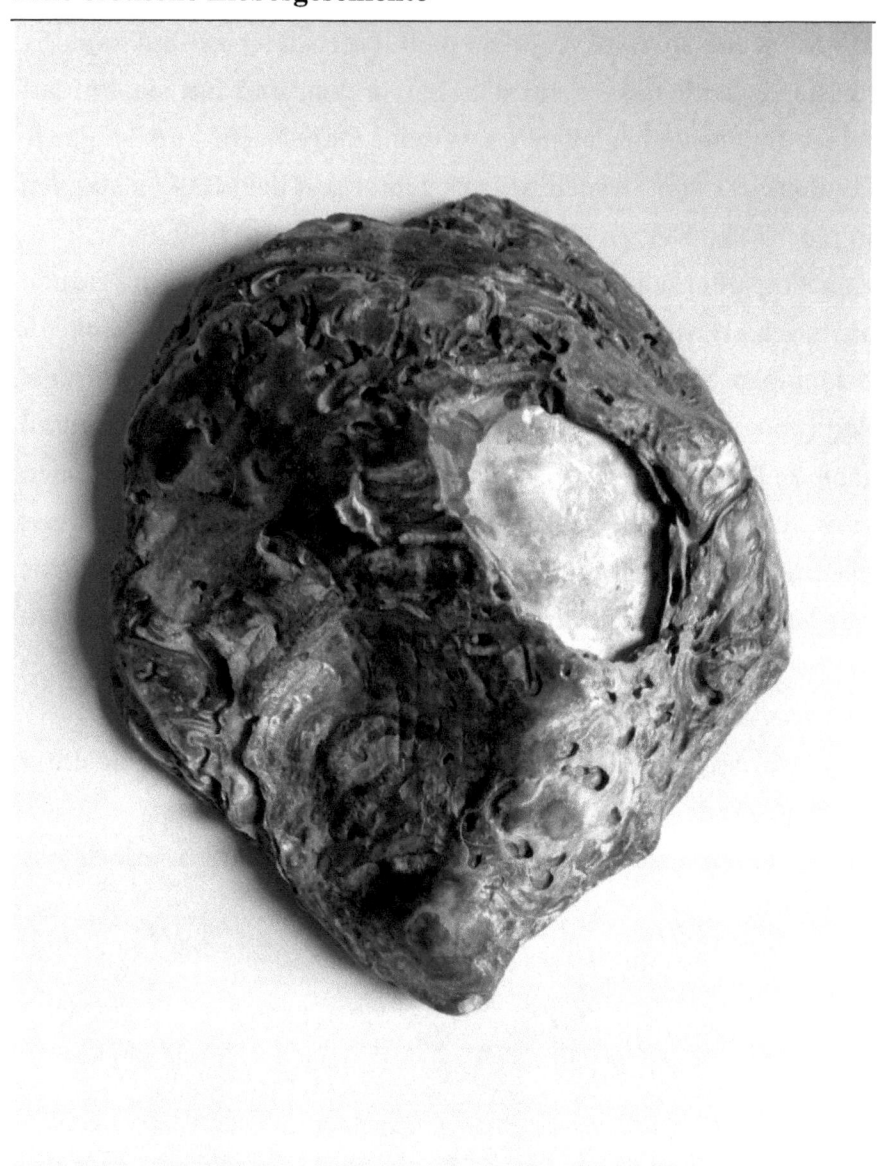

# Kapitel 17
# Die Zukunft

# Kapitel 17
# Die Zukunft

Es stand fest, in acht Monaten würden sie in dem Schloss ihres Bekannten heiraten. Nachdem sie den Heiratsantrag bekommen hatte, kündigte sie bei ihrem Arbeitgeber.

Er bot ihr an, statt für jemand anderen zu arbeiten, sollte sie sich mit einer eigenen Physiotherapeutenpraxis selbstständig machen. Nach kurzen Überlegungen stimmte Anja ihm zu.

Sie schauten sich nach passenden Räumen um und fanden schließlich ein Gebäude, bei dem alles passte.

Sie selbst hatte die Räume liebevoll eingerichtet, sodass man sich wohlfühlen konnte.

Die Eröffnung feierten sie mit einem Tag der offenen Tür, und es dauerte nicht lange, bis es sich in der Umgebung herumgesprochen hatte.

Es war schön, dass sie die Tage nun endlich nicht mehr allein verbringen mussten, und beide genossen jede Minute miteinander.

Die Planung der Hochzeit teilten sich beide.

Stefan kümmerte sich um die Einladungen, das Essen und die Getränke.

# Eine erotische Liebesgeschichte

Anja bestellte die Hochzeitstorte, plante den Ablauf und die Blumendekoration.

Stefans Outfit bestand aus einem schwarzen Anzug mit heller Weste und einer passenden Krawatte.

Anja trug ein langes weißes Kleid, unten weit und fallend, mit aufwendigen Stickereien. Unter dem Kleid trug sie eine figurbetonende Corsage.

Als der Tag endlich gekommen war, waren beide sehr aufgeregt.

Es war Sommerwetter und die Trauung fand in dem Schlossgarten statt.

Alles war wunderschön hergerichtet.

Auf den Stühlen lagen weiße Kissen, die mit einer lindgrünen Schleife hinten befestigt waren.

Zwischen den Stuhlreihen befand sich ein kleiner Weg, der zu zwei einzelnen Stühlen führte.

Seitlich standen Blumengestecke, die ebenfalls in Weiß und Lindgrün gehalten wurden.

Die Gäste saßen schon alle, als Stefan ankam.

Er war aufgeregt und glücklich zugleich, denn gleich war es endlich so weit.

## Eine erotische Liebesgeschichte

Jetzt warteten alle nur noch auf die Braut, und als die Musik von Ed Sheeran, „Perfect", erklang, da erhoben sich alle und schauten gespannt auf die Limousine, die vorfuhr.

Anjas Vater half ihr heraus.

Sie hatte die Haare hochgesteckt und trug einen langen weißen Schleier, ihr Kleid passte perfekt und betonte zudem verführerisch ihre Kurven.

Stefan und Anja waren beide zu Tränen gerührt, denn genau so hatten sie sich den jeweils anderen vorgestellt.

Mit langsamen Schritten ging Anja mit ihrem Vater auf Stefan zu.

Beide waren so beeindruckt, dass sie alles um sich herum vergaßen.

Nur sie beide zählten.

Nachdem sie sich das „Jawort" gegeben hatten, küssten sie sich innig und voller Liebe.

Das Fest war noch nicht vorbei, als sie ihre Koffer ins Auto packten und zum Flughafen fuhren.

Sie machten sich auf zu den Malediven, wo sie ein paar wundervolle und romantische Tage verbrachten.

Stefan schrieb in dieser Zeit am Strand fleißig an seinem Liebesroman.

# Eine erotische Liebesgeschichte

Sie genossen die Zeit sehr und waren ein wenig traurig, als sie wieder die Heimreise antreten mussten.

Der Alltag hatte sie schnell wieder eingeholt, aber etwas hatten sie aus dem Urlaub mitgebracht, denn neun Monate später, da erblickte ihre Tochter Kelly das Licht der Welt.

Wie das Schicksal es immer so gut mit ihnen meinte, wurde sein Buch innerhalb der neun Monate zu einem Bestseller.

Beide hätten sich so einen Erfolg niemals zu träumen gewagt, denn sein Liebesroman wurde sogar als Kinofilm veröffentlicht, was ihn sehr faszinierte. Als sie seine Geschichte im Kino sahen, da liefen beiden die Tränen.

Natürlich wurde es im Anschluss an den Film gebührend gefeiert. Nicht nur mit Champagner, sondern später auch mit prickelnder Erotik zu Hause.

Nach einiger Zeit kauften sie sich ein Haus am Strand mit Swimmingpool und bekamen neun Monate darauf einen Sohn, Michael.

Sie lebten ein märchenhaftes Leben, wie sie es sich immer gewünscht hatten.

## Eine erotische Liebesgeschichte

An ihrer Leidenschaft und ihrer Begeisterung füreinander hatte sich auch nach vielen Jahren Ehe nichts geändert.

# Ende

# Eine erotische Liebesgeschichte

# Eine erotische Liebesgeschichte

# Eine erotische Liebesgeschichte

Herstellung und Verlag:
BoD - Books on Demand, Norderstedt
ISBN 978-3-7528-4034-6